# 맹탐정 고민 상담소

## ❷ 연애는 오리무중

이선주 장편소설

문학동네

| 차례 |

## 1년 후, 또 수상한 냄새가

맹탐정 노트를 쓰지 않은 지난 1년간 많은 일들이 있었다. 하나부터 열까지 세세하게 말하고 싶지만 그럴 기력이 없다. 한 번씩 자신의 무릎을 주먹으로 두드리며 아이고 되다, 하던 할머니의 마음을 이해할 수 있는 나날들이었다고 해 두자.

그래도 꼭 설명하고 넘어가야 할 몇 가지 일들이 있다.

우선, 엄마가 집을 나갔다.

쯔쯔 혀를 차거나 헉 하고 놀랄 사람들이 떠오른다. 아니 아니, 그렇게 놀라지 않아도 괜찮다. 아빠처럼 자아를 찾아 떠난 건 아니니까. 작년 여름, 아빠가 집으로 돌아오고 난 후에 엄마는 많이 답답해했다. 틈만 나면 혼자 살 때가 좋았다면서 가슴을 쾅쾅 쳤다. 처음 이 말을 들었을 때 엄청 황당했다. 분명 우리랑 같이 살아 놓고 갑자기 왜 혼자 살 때 타령을? 엄마가 아빠를 쓱 쳐다보고는 아아, 저놈의 자아 언제 또 잃어버리나, 내가 어디 갖다 버리든가 해야지 같은 말들을 해 대면 아빠는 못 들은 척, 정말 아무것도 들리지 않는다는 듯이 태연히 하던 일을 했다.

나는 정말 황당했는데, 뭐랄까 연극을 보고 있는 듯한 기분이 들었기 때문이다. 어쩔 땐 깜짝카메라인가 싶어서 주위를 두리번거렸지만, 얼른 그런 생각을 거뒀다. 대체 누가 우리 가정에 관심을 갖겠는가. 영화배우 가족도, 올림픽 금메달리스트 가족도, 재벌 가족도 아닌 평범 대회를 하면 1등으로 뽑힐 우리 가족인데 말이다.

아, 말이 나왔으니 하는 말인데, 나는 인생에서 공정성만큼이나 자기 객관화가 중요하다는 사실을 깨달았다. 빼빼 말랐는데도 과체중이라고 생각하거나, 누가 봐도 못생겼는데 스스로 아이돌급이라고 생각하거나, 그저 사법고시에 실패했을 뿐인데 인생이 실패했다고 생각하거나(아빠 이야기 맞다), 스스로 세상에서 제일 불행한 비극의 주인공이라고 하거나(맹똘이 얘기다. 하지만 맹똘이는 정말 사춘기가 맞다), 여러모로 평범한데 스스로를 천재라고 생각하는 과대망상자가 세상에는 정말 많다. 나도 처음에는 왜 저래? 하고 말았는데 나중에야 알았다. 그게 다 자기 객관화가 안 돼서 일어나는 일이라는 걸.

나는 자기 객관화가 아주 잘 된다. 공부는 보통이지만 두뇌는 명석하고, 실수를 종종 하지만 행동이 재빠르고, 글을 잘 쓴다. 작년 겨울, 전국 청소년 백일장에 참여했는데 예심에서 떨어졌다. 이상하다 싶어서 심사위원 명단을 보니 내가 싫어하는 작가들이었다. 애거사 크리스티였다면 분명 내 글을 대상으로 올렸을 거라고 확신한다.

엄마도 자기 객관화가 안 되는 편이다. 가슴을 자꾸 치길래 엄마에게 병원에 가 보라니까 이건 몸이 아닌 마음의 문제라며, 하느님도 치료해 줄 수 없을 거라고 했다. 엄마 원래 하느님 안 믿잖아? 하고 물으니 미간을 있는 대로 찌푸리며 제발 분위기 파악 좀 하라고, 너 때문에 울화통이 터진다고 했다. 할머니는 엄마가 갱년기라고 했다. 세상에는 미운 네 살부터 사춘기를 비롯해 시기마다 부르는 이름이 따로 있다. 엄마는 그 얘기를 듣더니 어머님 무슨 말씀을 하시는 거냐고, 자기는 아직도 생리를 한다고, 아직 50도 안 됐는데 그런 말 들으면 너무 섭섭하다고 눈물 바람을 했다. 무심코 한마디 툭 던진 할머니도 무안해져서 엉겁결에 사과를 했다.

엄마는 몇 날을 토라져 있다가, 제주도로 가겠다고 선언했다.

"한 달만 바람 쐬고 올게요."

제주도에는 엄마 친구가 살고 있다. 게스트하우스를 운영하는데 방 하나 빌려서 있겠다고 했다. 할머니가 말렸으면 좋았겠지만, 사실 우리 가족 모두(언니 빼고, 언니는 정주시에 있어서 이 상황을 모른다) 자신도 모르게 미소를 지었다. 엄마를 세상에서 제일 좋아하는 맹똘이조차 안도의 한숨을 내쉬는 듯했다. 사실 맹똘이도 데려갔으면 싶었다. 맹똘이는 초등학교 2학년이 되더니, 우주에서 지가 제일 불행한 줄 아는 상태에 빠졌다. 세상 근심을 모두 짊어진 듯 누가 부르면 한숨을 푹 내쉬고 눈을 치켜뜬다. 건드려 봐, 하고 벼르고 있다가 누가 건드리면 이때다 싶어서 폭발한다. 되도록 마주치지 않는 게 상책이다.

할머니는 그동안 고생 많았다며 푹 쉬고 오라고 등을 떠밀었다. 애들 방학하면 내려가겠다는 걸 뭘 그때까지 기다리느냐며 얼른 가라고 용돈까지 쥐여 주었다. 엄마는 할머니나 아빠가 반대하면 화를 내려고 맘먹었다가 적극 찬성하자 어리둥절해하더니, 그래도 애들은 어떡하냐며 망설였다.

"에미야, 내가 그런 것도 이해 못 해 줄 사람이니?"

"여보, 그동안 내가 정말 미안했어. 한 달 푹 쉬다 와. 애들은 내가 챙길 테니까 걱정하지 말고."

어어어 하던 엄마 손에 옷가방이 들렸다. 엄마는 자발적인 듯 아닌 듯 제주도로 날아갔다. 혹시 집에 무슨 일 있으면 연락 달라고 했지만, 아무도 연락하지 않았다. 이게 바로 지난주까지 있었던 일이다.

여기까지 말하는데도 숨이 차지만, 중요한 몇 가지 이야기가 남았다. 내가 중학교 2학년이 된 것, covid-19 때문에 개학이 몇 차례 미뤄지다 온라인 개학을 했으며 지금은 일주일에 한두 번만 등교 수업을 하고 나머지는 온라인으로 대체하고 있다는 것, 언니가 학교에 자꾸 빠진다는 것, 아빠가 카페 위층에 책방을 열었다는 것 등등이다.

아빠 책방 이름은…… 말도 꺼내기 싫을 정도다. 이 얘긴 나중에 해야겠다. 왜냐하면 내가 다시 탐정 일을 해야겠다고 마음먹은 계기에 대해서는 아직 시작도 못 했기 때문이다.

작은 파도가 몰아치던 내 마음은 아직도 가라앉지 않았지만, 언제까지 기다릴 수만은 없었다. 그러던 차에 어디선가 풍겨 온 사건의 냄새를 맡게 됐다.

아, 그리고 1년 동안 몸무게가 10kg 증가했다. 먹는 게 너무 싫다고 했던 나 자신을 기억하고 있다. 도대체 그때의 나와 지금의 내가 같은 사람은 맞는 걸까? 정말 많은 게 변했는데, 그중 하나가 식성이다. 할머니는 세 살 버릇 여든까지 간다고, 사람은 절대 안 변한다고 했는데 나만 보자면 틀린 말이다.

난 매일매일 변하고 있다.

몸무게처럼 모두가 한눈에 알아차릴 만큼 변한 부분도 있고, 아무도 눈치채지 못하고 나만 알고 있는 변화도 있고, 나조차 모르는 변화도 있다. 긍정적인 변화인지 아니면 부정적인 변화인지는 모르겠지만, 그게 모두 나라는 건 알고 있다.

## 헤어짐의 속도

솔직히 말하겠다. 맹탐정은 이제 남들에게 절대 탐정이라고 하고 다니지 않는다. 작년 여름을 지나오면서 그게 얼마나 창피한 일인지 알게 됐기 때문이다. 왜 다들 말해 주지 않았을까? 어떤 애가 스스로 탐정이라고 떠들고 다니면, 도시락 싸 들고 다니면서라도 말렸어야 하는 게 아닐까? 웃겨서 그냥 놔둔 걸까? 이제 사람을 잘 못 믿을 것 같다.

셜록 홈스에 대한 사랑이 식은 건 아니다. 여전히 셜록 홈스를 사랑하지만 미스 마플을 더 애정하게 됐다. 미스 마플은 스스로 탐정이라고 지칭하지는 않지만, 누구보다 그 일을 잘 해낸다. 이제 미스 마플을 본받아 조용히 사건을 해결하려고 한다.

작년 여름 이후 누가 뭘 의뢰해 와도 절대 반응하지 않으려고 했는데, 놀랍게도 아무도 의뢰해 오지 않았다. 어떻게 그럴 수 있지? 맹탐정의 깜짝 놀랄 추리 실력을 보고도? 다들 지나가면서 "언제까지 그렇게 꽁해 있을 거야? 그냥 계속 탐정 해."라고 툭툭 내뱉을 때마다 얼마나 속이 터지던지……. 아니, 의뢰가 와야 마지못해 폐업을 풀 게 아닌가. 그러다 용우네 엄마 이 집사가 '애가 정신없이 왔다 갔다는 하는데, 뭔 알맹이가 없어.'라고 말하고 다닌다는 사실을 알게 됐다.

용우가 모른 척해 달라고 해서 모른 척해 줬을 뿐인데……. 탐정으로서의 자질을 인정받는 대신 의리를 택했는데 돌아온 건 비난뿐이었다. 맹탐정은 화가 나다 못해 분통이 터졌다. 이런 말을 어른에게 사용하는 게 예의가 아니란 걸 알지만, 역시 그 아들에 그 엄마다.

어쩌자고 용우는 이토록 눈치가 없는지. 앞으로 용우와는 상대를 하지 말아야겠다는 결심을 했는데, 자꾸 카페에 와서 아이스커피를 시켜 먹고 듣고 싶지 않은 자기 얘기를 늘어놓는다.

맹탐정은 용우에게 분명하게 말했다.

"네가 아이돌이야?"

용우가 고개를 저었다.

"네가 대통령이야?"

용우가 이번에도 고개를 저었다.

"아무도, 아무도 너에게 관심이 없어. 내가 왜 네 얘기를 궁금해할 거라 생각해? 내가 정말 너 위해서 하는 소리인데, 아무 때나 와서 네 얘기 주절주절 늘어놓지 마. 아무도, 아아아아무도 너한테 관심이 없어. 그것만 기억해도 인생 살아가는 데 큰 도움이 될 거야."

그럼에도 용우는 자꾸 찾아와서 제 얘기를 종알거렸다. 내가 왜 용우가 아침으로 밥이 아닌 콩국수 먹은 걸 알아야 할까? 심지어 간식으로 짜장떡볶이 먹은 것까지. 다른 애들에게 이런 얘길 하면 용우가? 걔 엄청 조용한데, 네가 잘못 아는 거겠지, 한다.

맹탐정은 그럴 때마다 답답했다. 내 귀가 증거야. 내가 용우한테 듣지 않았다면, 용우가 아침에 밥 대신 콩국수 먹은 걸 어떻게 알겠어? 용우가 밤마다 놀이터 가서 그네 타는 건? 용우가 복근을 만들기 위해 운동을 시작한 건? 하고 다다다다 말했지만, 애들 또한 맹탐정의 이야기를 흘려들었다. 아무도 맹탐정의 대답에 관심이 없었기 때문이다.

놀랍도록 무심한 한편 놀랍도록 소문이 빠른 곳, 그곳이 맹탐정이 사는 산이군이었고, 대한민국이고 세상이었다.

써니의 원래 이름은 짐작하겠지만 선희다. 다들 써니라고 불러서 맹탐정도 써니라고 부른다. 써니가 학교에서 유명해진 건 3학년인 고라니 오빠와 사귀면서다. 사실 각 학년에 반이 하나밖에 없는 작은 학교라 모두가 유명하다. 고라니 오빠의 진짜 이름은 이용곤. 써니가 부르는 애칭은 고니다. 고라니 오빠는 키도 크고 몸도 호리호리해서 외모도 고라니와 닮았다. 수줍음을 많이 타면서도 재미있어 인기가 많다. 써니 또한 마찬가지다. 반 남자애들 중 반은 써니를 좋아하는 것 같다. 나머지 반은 지우를 좋아한다.

맹탐정은 그 애들이 자신을 안 좋아해 줘서 진심으로 감사할 따름이다. 그래서 언젠가 용우가 "너도 인기 많으면 좋겠지?"라고 물었을 때 맹탐정은 팔딱팔딱 뛰었다. 절대 아니라고 손까지 내저으면서 말하니 "강한 부정은 강한 긍정이라잖아."라고 했다. 맹탐정은 정말 어이가 없어서 "너 같으면 걔네들이 널 좋아해 줬으면 좋겠어?"라고 화를 냈다.

정말 용우하고는 단 하나도 맞는 게 없다. 그러니 제발 쫓아다니지 말았으면 좋겠는데 "너도 친구 없고 나도 친구 없으니까 우리끼리 다니면 좋잖아." 같은 말을 태연히 내뱉으며 따라다닌다. "나 아니면 누가 널 상대해 주겠어. 솔직히 너도 내가 고맙지?" 같은 말들도. 한마디 한마디, 맹탐정 속을 긁지 않는 말이 없다.

아빠가 사람은 누구나 평생 짊어지고 갈 짐이 있다고 했는데, 맹탐정은 혹시 자신의 짐은 용우가 아닌가라는 생각을 잠깐 했다. 왜 잠깐 했냐면, 용우보다 더 무겁고 크고 짜증 나는 짐들이 넘쳐

난다는 걸 곧 깨달았기 때문이다. 휴우.

맹탐정이 써니에게 관심을 갖게 된 건, 써니의 불안 초조한 모습 때문이었다. 써니는 별명이 스마일일 정도로 매일 방긋방긋 웃고 다니는 애다. 그런데 어느 날부터인가 미간을 잔뜩 찌푸리고 신경질적인 표정으로 다녔다. 고라니 오빠와 사이가 나빠져서 그런가 싶어서 잘 살펴봤는데, 둘의 사이는 여전했다. 매일은 아니지만 며칠에 한 번씩 만나서 함께 밥을 먹고 산책을 하고 디저트를 먹는다. 오빠를 만날 때면 써니의 미간이 그나마 펴진다.

둘 사이의 문제가 아니라면 다른 문제가 분명 있을 것이다. 맹탐정은 써니의 미소를 되찾아 주고 싶었다. 하여 며칠 전부터 수첩을 들고 엄청 바쁘게 다녔고 사람들은 "어머, 이제 다시 탐정 하는 거야? 그래그래. 그럴 때가 좋은 거야. 열심히 해 봐." 같은 말들을 했다. 속으로는 '아직 애구나.'라고 생각하고 있다는 걸 안다. 그러나 굳이 반박하지 않는다.

"그래서 의뢰를 받은 거야?"

맹탐정이 수첩을 펼치고 써니에 대해 적기 시작하자, 어느새 또 옆에 앉은 용우가 물었다.

"꼭 의뢰를 받아야 사건에 착수하는 건 아니거든. 진짜 뛰어난 탐정들은 사건의 냄새를 맡고 움직이는 거야."

"아, 그래, 탐정."

"야! 탐정이라고 부르지 말랬지?"

"지금 네 입으로 너를 탐정이라고 했잖아."

"내가 언제? 탐정이란 사람들이 그렇다고 했지, 내가 나를 탐정이라고 했어?"

용우가 고개를 저으면서 "뛰어난 탐정들은 사건의 냄새를 맡고 움직인다. 나는 사건의 냄새를 맡고 움직였다. 고로 나는 뛰어난 탐정이다. 아니야?"라고 했다.

무적의 삼단논법을 끌고 오니 할 말이 없었다. 이럴 때 쓸 수 있는 방법은 더 큰 소리로 화내기! 혹은 세상의 모든 일에 초월한 양 큰 소리로 웃기.

"하! 하! 하!"

맹탐정이 웃자 용우가 "왜? 할 말 없지?" 하고 물었다. 친구에게 이런 말 하긴 그렇지만, 정말 재수 없다. 화내기와 웃기가 통하지 않으면 화제 전환을 해야 한다.

"써니가 이상하다는 거에는 너도 동의하지?"

용우가 고개를 끄덕였다. 써니의 변화는 눈썰미 없는 애들도 알아차릴 정도였다.

그때 완희 오빠가 쿠키를 가져다줬다.

지난주, 엄마가 제주도로 가면서 할머니가 명품전통카페를 맡아서 하신다. 남자 아르바이트생도 한 명 뽑았는데 일을 너무 못한다. 오로지 얼굴만 보고 뽑은 게 분명하다. 커피도 못 내리고 설거지도 시원찮고 그렇다고 싹싹한 것도 아니다. 그나마 여름에는 뜨내기 손님들이 좀 있어서 아이스커피를 빨리 뽑아내야 하는데, 느릿느릿 천하태평이다. 답답해서 속이 끓다가도 해맑은 얼굴을 보면 뭐랄까, 꼭 화를 낼 필요가 있을까 하는 의문이 든다.

손님들도 그렇게 생각하는지 천천히 하라고, 급할 거 없다고 먼저 말을 건넨다. 맹탐정이 느릿느릿할 때는 빨리 좀 하지, 더워 죽겠는데, 닦달을 했으면서. 생각하다 보니 화가 났다.

"뭐 더 줄까?"

완희 오빠가 말했다. 오빠의 등 뒤에 조명이 숨겨져 있는 건 아닐까? 아니면 반사판?

"괜찮아요."

오빠가 가고 나자 용우가 "야, 입 좀 다물어."라고 했다. 용우를 보자 다시 화가 나기 시작했다. 할머니가 오로지 얼굴만 보고 아르바이트생을 뽑은 건 참 잘한 일이란 생각이 든다.

물론 맹탐정은 외모지상주의자가 아니다. 맹탐정은 외모만으로 누굴 좋아하고 싫어하는 편협한 사람이 절대 아니니까. 그렇다면 오빠의 얼굴을 보고 화가 누그러지는 건 왜일까? 사랑일까?

맹탐정은 고개를 저었다. 맹탐정은 초등학교 5학년까지 스물아홉 번의 연애를 해 봤다. 다섯 살 때는 하루 동안 같은 원에 다니는 남자애들 셋과 사귀었다 헤어진 적도 있다. 물론 여자애와 사귄 적도 있다. 그러고 내린 결론은 연애 참 덧없다는 것이다. 사람 마음이 아침저녁, 아니 일분일초 단위로 바뀌는데 누군가와 사귄다고 결정하는 것 자체도 성급한 일이라는 결론을 내렸다. 엄마, 아빠만 봐도 알 수 있다. 엄마는 아빠 얼굴만 봐도 화가 나고, 어떨 땐 보이지 않을 때조차 화가 난다고 했다. 아빠는 엄마가 있으면 숨도 제대로 쉬지 못한다. 마치 물 쏟고 처분을 기다리는 다섯 살 남자아이 같다. 맹탐정은 엄마가 화내는 것도, 아빠가 엄마의 눈치를 보는 것도 이해했지만, 둘이 같이 사는 건 이해하지 못했다. 그런 면에서 엄마가 제주도로 간 건 참 잘한 결정이라고 생각한다.

"그래서 네 생각은 뭐야? 써니가 왜 그러는 것 같은데?"

"비밀이야."

"솔직히 말해. 아무 생각 없지?"

하여간 하는 말마다 사람 속을 긁어 놓는다. 애들은 용우가 그저 조용하고 착한 줄만 알 텐데. 맹탐정은 억울해졌다.

"그래, 솔직히 말할게."

"뭔데?"

용우가 심드렁한 표정으로 되물었다.

"너 냄새 나. 특히 팔 들 때마다 숨 쉬기 엄청 힘들어."

용우가 고개를 옆으로 돌려서 자기 겨드랑이에 코를 파묻고 킁킁 냄새를 맡았다. 너무 심하게 말했나? 하는 찰나, "그렇긴 하네. 네가 의리는 있다니까." 하고는 자리에서 일어섰다. 맹탐정은 패배자의 기분으로 용우를 따라나섰다. 카페 뒷문에서 용우와 헤어지고 맹탐정은 계단을 올랐다.

1층 카페를 지나 2층으로 올라가면 아빠가 운영하는 서점이 나온다. 황당하겠지만, 이 서점의 이름은 두 개다. 그 이유를 설명하자면 엄청 복잡하고 길지만, 간단히 말하자면 아빠가 지은 서점 이름이 너무 마음에 안 든 엄마가 비싼 간판은 어쩔 수 없이 놔두고 유리창에 청색 테이프로 새로운 이름을 붙였다.

아빠는 그날 화가 나서 하루 종일 입을 꾹 다물고 있었다. 유리창에 청색 테이프로 A4용지를 한 장 한 장 붙이는 모습은 맹탐정이 봐도 우악스러웠지만, 그래도 맹탐정은 아빠가 지은 이름보다는 엄마가 지은 이름이 훨씬 낫다고 생각했다. 아빠가 처음 지은 이름은 생각만 해도, 하……. 맹탐정은 듣는 사람도, 보는 사람도 없었지만 괜히 귀가 빨개지는 기분이었다. 물론, 비교하자면 그렇다는 것이지 엄마가 지은 이름도…… 낯 뜨겁긴 마찬가지였다.

2층에 도착해서 고개를 들자 두 개의 서점 이름이 보였다. 나무 간판으로 된 '철없는 어린 왕자'와 A4용지에 타이핑된 '서울대 출신이 직접 문제집 골라 주는 서점'이다.

작년 겨울, 아빠가 나무 간판을 달고 서점을 오픈했을 땐 정말 손님이 거의 없었다. 철학서, 에세이, 세계문학, 한국문학을 전면에 배치했고, 거기다가 너무 두꺼워서 베개로도 못 쓸 것 같은 이상한 책들을 들여놓았다. 처음에는 산이군처럼 작은 곳에 서점이 생긴다고 반가워서 찾았던 사람들도 큐레이션을 보고는 학을 떼고 돌아갔다. 물론 그때를 기점으로 아빠와 취향이 맞는 사람 몇 명이 단골이 되어 주었다. 그런데 그 단골 몇 명이 책을 사 줘 봤자 얼마나 사 주나. 아빠 서점의 한 달 매출이 4, 50만 원밖에 되지 않았다. 그걸 지켜보던 엄마가 '서울대 출신이 직접 문제집 골라 주는 서점'이라고 이름을 바꾸고 전단지를 뿌리고 정중앙 매대를 초중고 문제집으로 채우자 그때부터 사람들이 몰려들었다.

인터넷 서점에서 살 수도 있지만, 엄마와 할머니 얼굴 보고 팔아 주는 사람도 있었고 정말 서울대 출신이 골라 주는 문제집은 다를까 싶어서 오는 사람들도 있었다. 게다가 문제집을 산 사람들을 대상으로 AS라고 해서, 모르는 문제를 가지고 오면 서울대를 나온 아빠가 설명까지 해 준다. 물론 이것도 엄마의 아이디어다.

엄마 덕분에 아빠는 월세와(이 월세는 엄마 주머니로 들어간다) 전기료 및 기타 비용을 감당하고도 엄마에게 생활비를 낼 정도의 돈을 번다. '철없는 어린 왕자'는 은퇴 후에 서점을 열면 쓰려고 아껴 둔 이름이라고 징징거리긴 했지만, 아빠는 엄마의 정책에 반기를 들지는 않았다. 아빠가 철은 없어도(없는 정도가 아니라 마이너스지만) 생활비의 소중함을 모르지는 않기 때문이다.

"왔어?"

"책 많이 팔았어요?"

계산대에 앉아 컴퓨터를 보던 아빠가 "아휴, 2차 세계대전도 이렇게 소란스럽지는 않았을 거야. 애들은 꼭 한꺼번에 몰려오더라."라고 했다. 꼭 말을 저렇게 해야 할까. 재미도 없고 적절하지도 않은 비유다.

"지금 뭐 하는데요?"

"아, 다음 모임 시간이랑 책 정하고 있었어. 알지? 철없는 어린 왕자 모임!"

단골 몇 명과 아빠는 서점 이름과 똑같은 '철없는 어린 왕자'라는 독서모임을 한다. 그냥 독서모임 이름뿐이라면 떨떠름해도 대충 넘어갈 텐데, 아빠를 포함한 모임 구성원들이 스스로를 '어린 왕자'라고 지칭하는 데서 오는 불쾌감이 있다. 처음에는 아빠에 대한 반발심인 줄 알았는데 불쾌감이 맞다.

"아빠는 철 안 든 게 자랑이라고 생각해요?"

맹탐정이 무표정한 얼굴로 물었다.

"그럼. 사람이 육체가 늙는 건 어쩔 수 없는 일이지만, 정신이 늙는 건 게으름의 소산이야. 나는 죽을 때까지 철 안 들고 살 거야."

"아빠! 철이 뭔데요?"

"철?"

"우리가 어릴 땐 꿈만 먹고 살 것 같지만, 나이가 들면 밥도 먹고 살아야 한다는 걸 아는 게 철드는 거 아니에요? 저는 아빠가 철이 더 들어야 한다고 봐요."

"철이라는 건, 그러니까."

맹탐정이 재빨리 귀를 막았다.

맹탐정은 평소에도 아빠가 스스로 철이 덜 들었다고 말하는 걸 싫어했는데, 오늘은 특히 거슬렸다. 왜일까 곰곰이 생각해 보니, 점심을 조금 먹었다. 역시 사람은 탄수화물을 먹어야 한다.

맹탐정은 서점을 나와 3층 집으로 향했다. 부엌으로 가서 밥솥을 열었는데, 밥이 하나도 없었다. 힐끗 보니 맹똘이가 밥을 고봉으로 퍼서 먹고 있었다. 뺏어 먹을까 하다가 맹똘이의 요즘 상태를 떠올리고는 조용히 라면 물을 올렸다.

맹탐정은 인정하고 싶지는 않지만, 전형적인 강약약강이었다. 맹똘이가 자신을 쳐다보기만 해도 "왜?" 하고 눈을 부라리고, 조금만 건드려도 고래고래 화를 낸 이후로는 되도록 맹똘이를 건드리지 않는다.

"누나, 두 개 끓여."

"또 먹게?"

맹똘이가 고개를 끄덕였다. 음식만 보면 맹렬히 먹어 치우는 기세가 무서울 정도였다. 키도 하루 지나면 1센티씩 크는 것 같았다.

"너 학교 앞에 맛좋은분식집 아줌마 좀 알아?"

"왜?"

"성격이 어때? 성적에 막 집착해?"

"떡볶이 사 먹으면서 그런 것까지 어떻게 알아. 누나, 제발 철 좀 들어."

맹탐정은 괜히 찔려서 얼굴이 붉어졌다. 왜 매번 이렇게 첫 직감은 맞질 않는 걸까?

맹탐정은 지금처럼 자신이 한심한 적이 없었다, 라고 생각하다가 곧바로 수정했다. 사실 자주 있었다. 맹탐정은 자주 자신을 한심해했고, 자주 자신에게 감탄했고, 또 자주 자신을 싫어하기도, 좋아하기도 했다. 마치 오늘은 자아에 대해 알 것 같다가 다음 날은 자아란 게 뭔지 도무지 모르겠다가, 또 어느 날은 자아를 찾은 것 같다가 또 어느 날은 자아를 깊은 바닷속에서 잃어버려 평생 찾지 못할 것 같은 막막한 두려움을 느꼈다. 지금 맹탐정은 스스로를 한심하게 여기지만, 조금 있으면 또 스스로의 재치에 감탄할 것이다. 자신을 싫어할 때가 있으면 사랑할 때도 있는 게 당연하다. 시시때때 변하는 자신의 마음을 데리고 다니느라, 맹탐정은 수고가 많았다.

-야, 단톡방 봐 봐.

용우의 연락에 반 단톡방에 들어갔더니 써니가 스트레스성 위염으로 병원에 입원했다는 정보가 올라왔다. 역시! 써니는 분명 큰 문제에 봉착해 있다. 문제는, 그 문제가 뭔지 몰라 정답을 찾을 수 없다는 거지만.

맹똘이는 라면 한 그릇을 세 젓가락만에 다 해치우고는 양치도 안 한 채 학원으로 갔다. 엄마가 제주도에 가면서 맹탐정에게 신신당부한 한 가지는 맹똘이 양치 시키기였다. 맹탐정은 이가 몽땅 빠져 치킨을 제대로 씹지 못하는 맹똘이를 상상하며 흐뭇하게 미소 지었다. 아빠가 오고 난 후 치킨 시킬 때 보통 두 마리를 시키지만, 그조차도 모자랄 때가 많다. 고작 치킨 때문에 맹똘이랑 실랑이하는 것도 치사하고, 이참에 치아나 몽땅 빠졌으면 좋겠다.

써니가 가장 좋아하는 음식을 사서 용우와 병원으로 향했다. 단톡방에서는 병문안을 자제해 달라고 했지만, 막상 써니에게 톡을 보내니 심심하다고 했다.

"야, 위염인데 무슨 떡볶이냐?"

맹탐정이 써니에게 세상에서 제일 좋아하는 음식이 뭐냐고 물었을 때 써니는 엄마가 해 준 떡볶이라고 했다. 해서 써니 엄마네 맛좋은분식집에서 떡볶이를 사 가는 길이었다.

"위염이면 떡볶이 못 먹어?"

"넘어져서 무릎이 까졌어. 그래서 염증이 생겼는데, 거기에 떡볶이를 쏟는다고 생각해 봐. 어때?"

그제야 맹탐정은 자신의 선택이 잘못됐다는 걸 알았지만 이미 병실 앞에 당도한 뒤였다. 맹탐정이 똑똑 문을 두드리는데 안에서 남자 목소리가 들려왔다. 고라니 오빠의 목소리였다. 하긴 여자친구가 아프다는데 만사 제쳐 두고 왔겠지.

"오빠도 왔어요?"

맹탐정이 문을 열면서 말했다. 문을 열자 써니는 환하게 웃고 있고, 고라니 오빠의 얼굴엔 그늘이 져 있었다. 오히려 오빠가 환자 같았다. 사랑꾼이라더니 가관이다.

"오빠! 걱정 마세요. 스트레스성 위염은 큰 병 아니래요. 원래 입원도 잘 안 하는데 쟤가 워낙 엄살이 심해서 그런 거니까."

"야아!"

써니가 맹탐정을 흘겨봤다. 근래 본 얼굴 중에 가장 밝은 얼굴이었다. 아파서 입원하기 직전에는 죽을 것처럼 굴더니 병원에 입원했더니 환해졌다? 뭔가 이상한데.

"얘 병문안 선물로 뭐 사 왔는지 알아?"

용우가 입을 열었다.

"무슨 말이야? 이거 나 먹으려고 사 온 건데. 근데 너네 엄마는 왜 순대 시키면 염통 안 주셔?"

"염통? 염통이 뭔데?"

"넌 분식집 딸이 염통도 몰라?"

맹탐정이 써니와 투닥거리는 동안 고라니 오빠는 한 마디도 하지 않은 채 창밖을 바라보고 있었다. 용우가 맹탐정을 툭 쳤다. 맹탐정은 고개를 끄덕였다. 추리 실력에 비해 눈치가 떨어지는 건 사실이지만, 그래도 이 정도 눈치는 있다. 둘만 있고 싶은 거였다.

"나 갈게. 아줌마한테 순대에 염통 꼭 넣으시라고 좀 전해 줘."

맹탐정이 손을 흔들고 문 쪽으로 가는데 고라니 오빠도 따라 나올 채비를 했다.

"오빠, 배웅 안 해 줘도 돼요."

맹탐정이 문손잡이를 잡고 말했다.

"아니, 나도 이제 가려고."

병실에 온 후 오빠 목소리를 처음 들었다는 생각을 했다.

"오빠, 벌써 가게? 더 있다 가지."

써니가 서운함이 잔뜩 묻은 목소리로 말했다. 얼굴이 급격하게 어두워졌다. 요즘 봐 왔던 그 모습이다. 맹탐정 안의 탐정이 다시 불쑥 고개를 쳐들었다. 오빠와 이야기해 봐야겠다는 생각이 들었다.

아쉬워하는 써니를 뒤로하고 고라니 오빠, 용우와 함께 병원을 나왔다. 초여름의 달달한 바람이 불어왔다.

"오빠, 벤치에서 떡볶이 같이 먹고 갈래요?"

"아니."

이렇게 단호박일 줄이야.

"오빠, 우리 카페에 가서 아이스커피 마시고 갈래요?"

"왜? 궁금한 게 뭔데?"

고라니 오빠가 머리를 헝클며 말했다. 역시 수작은 통하지 않는다. 정면승부만이 답이다.

"써니가 요새 계속 죽상이었거든요. 제가 써니랑 단짝은 아니어도, 마주칠 때마다 곧 죽을 사람처럼 표정이 안 좋아서 엄청 걱정했어요. 스트레스성 위염으로 입원했다고 해서 아, 올 것이 왔다 싶었는데 막상 보니까 표정이 너무 좋은 거예요. 이상하잖아요."

고라니 오빠가 한숨을 크게 내쉬었다.

"난 아니야."

"아니, 오빠가 그랬다는 게 아니라 써니가 왜 그러는지 아냐고요. 네?"라고 말하는 순간, 뭔가 이상하다는 생각이 들었다. 난 아니야, 라니. 어젯밤에 도둑이 들었는데, 라고 말을 떼는 순간 내가 안 훔쳤어, 라고 하는 것과 뭐가 다를까?

그래, 범인은 오빠다. 오빠가 뭔가를 크게 잘못한 것이다.

"나 갈게."

때마침 갈림길이 나왔다. 오빠가 황급히 떠나는 모습을 보자 더 수상했다. 도대체 무슨 잘못을 한 걸까? 혹시 바람을? 근데 이 좁은 동네에서 오빠가 다른 애와 만난다면 소문이 나도 벌써 나지 않았을까? 만약 그 여자애도 남자친구가 있다면? 그래서 둘이 정주시까지 몰래 나가서 만난 거라면? 근데 그 사실을 써니가 고도의 촉으로 알아낸 거라면? 아, 근데 그게 사실이라면 아까 써니의 표정이 밝았던 게 이해되지 않는다. 오빠가 바람피우는 걸 그만뒀나? 맹탐정의 머릿속에서 고라니 오빠는 이미 바람을 피운 거나 마찬가지였다.

"또 또."

용우가 말했다.

"뭘?"

"너 또 혼자 기승전결 다 내고 있지? 윤미 사건 잊지 마."

용우가 손 인사를 하고 자기네 집으로 갔다. 용우는 알까? 본인이 사람 속을 뒤집어 놓는 데 엄청난 재능이 있다는 걸? 올림픽으로 따지자면 거의 금메달 급이다. 정말 나니까 놀아 주지.

맹탐정이 카페에 들어서자 완희 오빠가 카운터를 지키고 있었다. 손님은 없었다. 손님이 들이닥칠 땐 정신없이 들이닥치다가도 없을 땐 한 명도 없다. 무슨 법칙이라도 있는 걸까? 뭐, 그래서 나쁘다는 건 아니다. 오빠와 단둘이 대화하는 건 처음이었다.

"오빠, 오빠네 학교도 코로나 때문에 온라인 수업 하죠? 근데 온라인으로 해도 정시에 접속해야 하는 거 아니에요?"

"나 학교 안 다니는데?"

"엥?"

맹탐정은 아직 치우지 않은 유리컵을 들다가 멈칫했다.

"왜요?"

"왜 학교를 꼭 다녀야 하는데?"

"그게 의무잖아요."

"의무교육은 중학교까지야."

"그래요? 왜 아무도 말 안 해 줬지?"

오빠가 어깨를 으쓱했다.

"오빠! 점심 먹었어요? 떡볶이 같이 먹을래요?"

"먹었는데?"

"저도 먹었어요. 장난쳐 본 거예요. 제 돈 주고 산 떡볶이를 왜 주겠어요. 오빠랑 친하지도 않은데. 안 그래요?"

오빠가 뜨악한 눈으로 쳐다봤다. 익숙한 눈초리였다. 맹탐정과 길게 대화하면 다들 저런 눈초리로 맹탐정을 쳐다본다. 평소엔 괜찮았는데, 오늘은 약간 기분이 이상했다. 왜 이런 기분이 드는지는 알 수 없었다.

"아이스커피 두 잔 주세요."

맹탐정이 재빨리 화제 전환을 시도했다.

"사장님이 너한테 꼭 돈 받으래."

"엄마가요? 엄마가 전화로 그랬어요?"

오빠가 고개를 저었다.

"그럼 할머니가요?"

오빠가 고개를 끄덕였다.

"물건을 샀으면 돈을 내는 게 도리래. 아니, 아니다. 공정이라고 그랬다, 공정."

맹탐정이 내뱉은 모든 말들이 맹탐정을 옭아매는 것 같았다. 공정이란 잣대를 남에게 들이밀 때는 좋았는데 그게 자신을 향하자 슬그머니 피하고 싶었다. 세상의 좋은 가치들은 다 이런 것 같다. 맹탐정은 자기 객관화를 잘하는 사람이니까, 할머니의 비판을 수용하기로 했다.

"까짓것, 낼게요, 돈."

맹탐정이 입술을 쭉 내밀고 어깨를 으쓱했다. 완희 오빠가 맹탐정이 으쓱하는 모습을 따라 했다. 그 모습을 보자 맹탐정도 웃고 말았다. 완희 오빠는 상대방을 기분 좋게 하는 방법을 본능적으로 알고 있는 듯했다.

아이스커피 두 잔을 들고 서점으로 올라갔다. 아빠에게 한 잔을 내밀자 아빠가 “땡큐!”라고 말했다. 맹탐정은 말없이 손을 내밀었다. 아빠가 고개를 절레절레 흔들더니 카운터에서 천 원짜리 세 장을 빼 줬다. 맹탐정은 주머니에 돈을 욱여넣었다.

맹탐점은 아이스커피를 들고 어린 왕자's Pick 코너로 갔다. 어린 왕자's Pick은 맹탐정이 아빠 서점에 오는 단 하나의 이유다. 엄마가 맹탐정을 혼내며 “하여간 제 아빠랑 똑같아.”라고 했을 때 두 번 다시 엄마를 보고 싶지 않을 정도로 화가 났지만, 이 코너에 올 때면 어쩌면 엄마의 말이 맞는 게 아닐까 하는 생각이 들었다.

아빠가 나름대로 엄선한 책과 영화 등이 맹탐정을 설레게 했다. 엄마가 유리창에 서점 이름을 붙일 때조차 잠자코 있던 아빠가 끝까지 사수한 곳이다. 이곳을 잃으면 자아를 잃는 것과 똑같은 것이라며 자신에게 단 3m만 허락해 달라고 했다. 해서 긴 책장 두 개와 낮은 테이블 하나가 놓인 공간을 지킬 수 있었다.

맹탐정은 아이스커피를 쪽쪽 빨아 마시며 책장을 살폈다. 봐도 봐도 질리지 않았다. 이 코너의 책과 DVD는 판매하지 않는다.

“아빠, 여기 있는 영화 다 본 거예요?”

“그럼, 한두 번 본 줄 아니.”

“두 번 봤는지는 안 물었는데.”

대답은 없었다. 큰 한숨 소리만 들려왔다.

고라니 오빠가 바람을 피웠다고 생각해서인지 〈안나 카레니나〉

가 눈에 띄었다. 영화를 보거나 책을 읽은 적은 없지만 불륜 이야기라는 건 안다. 여자가 바람을 피운 이야기 아닌가? 잠깐, 혹시 써니가? 본인이 바람을 피우다 걸려서 속앓이를 했는데, 다행히 고라니 오빠가 용서를 해 줘서 다시 환하게 웃게 됐다……. 그렇다면 고라니 오빠가 뚱한 표정을 짓고 있었던 것도 이해가 된다. 막상 용서는 해 줬지만 마음이 풀리지 않은 것이다. 그래, 그거야.

확신에 찬 맹탐정은 서점 밖으로 향했다. 후텁지근한 공기가 몰려왔다. 건물 계단까지 더위가 침범한 걸 보니 여름이 턱밑까지 쫓아왔다는 걸 실감했다. 너무 싫다고 생각하다가 파란 바다를, 시원한 바닷바람을 떠올렸다. 시원한 바닷바람은 여름에만 느낄 수 있었다. 똑같은 바람이 불어도 겨울에는 추울 뿐이니까. 그런 생각을 하자 더위를 조금 참을 수 있었다.

저녁으로 청국장에 밥을 두 공기나 말아 먹고, 후식으로 치킨까지 먹었다. 교복을 한 치수 크게 늘리지 않은 건, 마지막 자존심 같은 거였다. 치마 호크가 달랑거리다 못해 떨어져 나갈 지경이었지만, 곧 살을 뺄 거라는 생각으로 버텨 왔다. 그러나 이젠 정말 늘릴 수밖에 없겠다는 생각이 들었다. 코로나 덕분에 학교를 자주 가지 않는 게 천만다행이었다.

배가 불러서 침대에 누워 헉헉거리는데, 엄마에게 전화가 왔다.

엄마는 너무 좋은데, 또 너희들 생각하면 불안하기도 하다고 했다.

"엄마, 우린 잘 지내는데?"

"똘이는?"

"엄마 얘기 한 번도 안 했는데?"

"승옥이는?"

"아, 언니랑은 최근에 연락을 안 해 봤다. 내일 해 봐야겠네. 엄마한텐 연락 없었어?"

엄마는 대답이 없었다.

"네 아빠는?"

"아빠도 잘 지내는데?"

"네 할머니는?"

"카페는 알바생한테 맡겨 놓고 맨날 여기저기 놀러 다니셔. 엄청 잘 지내."

"그래, 그럼 난 필요 없는 사람이네. 필요도 없는 사람이 뭐가 좋다고 시녀처럼 일만 해 댔는지. 내가 바보지, 내가 바보야."

그런 뜻이 아니라, 라고 말하는 중에 전화가 뚝 끊겼다. 도대체가 이해가 안 된다. 문제가 없다고 해도 뭐라고 하니, 다음에는 문제가 아주 많다고 해야겠다.

숙제를 하지 않은 게 떠올랐지만 내일 일은 내일 생각하기로 했다. 많은 책에서 현재를 살아라, 라고 하지 않나. 맹탐정은 눈을 감았다. 배 속에서 청국장과 치킨이 뒤엉켜 더부룩하고 방귀와 트림이 동시에 나왔지만, 아침에 눈을 뜨니 배가 고팠다. 스스로가 생각해도 대견했다. 자신이, 자신의 소화 능력이, 이 모든 게 말이다.

"마스크 꼭 쓰고 나가! 절대 벗지 말고. 응?"

할머니가 소리쳤다. 맹탐정은 알겠다고 하고는 마스크를 턱에 걸쳤다. 원래도 귀찮았지만 더운 여름이 되니 더 죽을 맛이었다. 숨을 몇 번 크게 내쉰 후에 턱에 걸친 마스크를 위로 쑥 올렸다.

규칙에 얽매이지 않고 자유롭게 살고 싶지만, 그건 타인에게 피해를 주지 않을 때의 일이다. 맹탐정은 이번 코로나 바이러스를 겪으며 함께 살아간다는 것의 의미를 다시 생각했다. 함께 살기 위해 마스크를 써야 한다. 나만 안 걸릴 수도, 나만 걸릴 수도 없기 때문이다.

약속 장소는 걸어가면 10분, 버스 타면 돌고 돌아 30분 걸리는 거리라 터벅터벅 걸어갔다. 땀이 주르륵 흘러내렸다. 롯데리아에 도착해서 햄버거에 아이스커피를 먹고 있으니 용우가 왔다.

햄버거를 와그작와그작 씹어 먹기 시작한 용우를 향해 맹탐정은 자신의 추론을 들려줬다.

"그러니까 써니가 바람피웠다고?"

"확실한 건 아니고 이제부터 알아보자는 거지."

"형은?"

"오빠가 피운 것일 수도 있고."

"그게 뭐야? 둘 중에 한 명이 바람피우는 거라고? 그게 추론이야? 로또 번호 찍듯 찍은 게 아니고?"

참을 인 자 세 개면 살인도 면한다고 했다.

"넌 속담 때문에 산 줄이나 알아라."

"또 무슨 이상한 소리야."

"됐고! 넌 써니 미행해. 나는 오빠 미행할게. 며칠 따라다니다가 이상한 점 있으면 바로 보고하고."

"그거 내 거야."

맹탐정은 용우의 감자튀김을 슬쩍 내려놓고 빈 손가락을 빨았다. 눈도 좋다.

맹탐정이 먼저 일어나 고라니 오빠가 다니는 독서실 앞으로 갔다. 하루 종일 공부한다고 해도 저녁을 먹으러 나오긴 할 거다. 독서실 앞 편의점에서 아이스커피 한 잔을 놓고 고라니 오빠를 기다리고 있자니, 내가 왜 이런 짓을 하고 있나 잠시 현타가 왔다. 만약 사건의 진상을 밝혀낸다 한들 써니가 좋아할까? 아님 고라니 오빠가 좋아할까? 그렇다면 이건 관음증 같은 걸까?

맹탐정은 관음증이란 말을 떠올린 자신이 대견했다. 이런 어려운 말을 안다는 것 자체로 자부심이 샘솟았다. 그러나 자부심은 자부심이고, 관음증 때문은 아니었다. 써니가 스트레스성 위염으로 입원한 건 엄연한 사실이었다. 밝은 써니가 위에 염증이 생길 정도로 스트레스받는 일이 뭘까? 그걸 꼭 알아낼 것이다.

이런 생각을 할 때쯤 고라니 오빠가 독서실에서 나왔다. 편의점에서 나설 준비를 하는데 마침 오빠가 들어왔다. 오빠는 익숙한 듯 도시락 코너로 갔다. 거기서 도시락 하나와 바나나우유 하나를 들고 계산대로 가려다 힐끗 뒤를 돌아봤다. 맹탐정의 시선을 눈치챈 것이다.

"너도 여기 독서실 다녀?"

맹탐정이 손까지 내저으며 "아아뇨! 제가 공부할 사람으로 보여요?" 하고 소리쳤다. 도둑이 제 발 저린 격이다.

"공부 안 하면 안 하는 거지, 화는 왜 내."

오빠가 도시락을 가지고 맹탐정 옆자리로 왔다.

"안 데워요?"

"바빠."

오빠는 도시락 뚜껑을 열고 떡갈비를 집어 한입에 다 집어넣었다. 밥도 3분의 1씩 쑤셔 넣었다. 이건 밥을 먹는 건지 마시는 건지 모를 속도였다. 어어어 하고 보는 사이 오빠는 이미 도시락을 다 먹고 바나나우유를 입 안에 콸콸 쏟아붓고 있었다.

"누가 쫓아와요?"

오빠가 피식 웃더니 “너도 3학년 돼 봐라. 할 공부가 얼마나 많은데.”라고 했다.

“그거야 상대적인 거죠. 저는 고3이 돼도 할 공부가 없을 걸요? 지금은 더 더 더 없고요.”

“자랑이야?”

오빠가 빈 도시락 통을 쓰레기통에 집어넣고 편의점을 나섰다. 그리고 그대로 독서실로 들어갔다. 오빠 성적이면 쉬엄쉬엄할 만도 한데 일분일초를 아껴서 공부하는 모습을 보자니 감탄이 절로 나왔다. 그러니까 공부를 잘하는 거겠지? 괜히 찔렸다. 아니, 내가 찔릴 필요는 없지. 자기가 하고 싶은 걸 열심히 하면 되는 거니까.

맹탐정은 노트에 ‘이상 무’라고 적었다. 더불어 오빠가 바람피우는 건 아닐 거라는 확신도 들었다. 전자레인지에 밥 데우는 시간도 아까워하는 사람이 바람을 피웠을 리가 없다. 그렇다면 문제는 써니다.

써니는 이틀 만에 퇴원했다. 다음 날, 온라인 수업이 끝나자마자 전복죽을 사서 써니네로 갔다. 맛좋은분식집 2층이다.

“써니 잠깐 나갔는데?”

분식집 옆으로 난 계단으로 2층에 올라가려는데 떡볶이를 푸던 금 사장이 말했다.

"아프다더니. 어디요?"

"그거야 나는 모르지. 고닌지 고라닌지 만나러 갔을라나."

"그건 아닐 거예요. 용우가 고라니 오빠 독서실 들어가는 거 봤다고 방금 연락 왔거든요."

"그런 연락을 왜 주고받아? 하여간 너네들 참 웃기다니까."

맹탐정은 인사를 하고 계단을 올라갔다. 집으로 들어가자 써니 동생 쩡이가 거실에서 텔레비전을 보고 있었다.

"언니, 아직도 탐정놀이 해?"

못 들은 척 무시하고 써니의 방에 들어선 순간, 잘못 들어왔다는 생각이 들었다. 아아, 사랑이 정녕 이런 것인가. 맹탐정은 눈살을 찌푸리지 않을 수 없었다. 아이돌 브로마이드가 있어야 할 벽면에 고라니 오빠 사진이 더덕더덕 붙어 있었다. 악, 내 눈!

"내가 경고를 깜빡했네."

쩡이가 윙크를 하고 지나갔다. 쟤는 사람 약올리는 법을 어디서 배워 오는 것 같다. 가만, 얘 누구랑 닮은 것 같은데?

"너 혹시 용우랑 닮았다는 얘기 안 들어?"

맹탐정이 거실을 향해 소리쳤지만 대답은 없었다.

써니가 몇 시에 올지도 모르는데 해맑게 웃고 있는 고라니 오빠의 사진을 정면으로 바라보며 앉아 있기란 여간 곤혹스러운 게 아니었다. 자꾸 자신의 잘못을 되돌아보게 됐다. 반성과 참회의 시간이었다. 맹탐정은 용우에게 톡을 보냈다.

-써니 집에 없어. 어딜 그렇게 돌아다니는지. 아프다는 말 뻥인 듯.

답이 오지 않아 전화를 걸었더니, 바로 끊겼다.

-뭐야? 씹냐?

다시 메시지를 보냈더니 답장은 곧바로 왔다.

-형 미행 중인데, 대박이야.

-왜?

-민선이 누나 만나는 중인데 분위기가 장난 아니야.

-엥?

-야, 형 나온다. 너, 독서실 앞 편의점에서 기다리고 있어.

며칠 전엔 분명 공부하느라 밥 먹을 시간도 없다고 했다. 미행하는 걸 눈치채고 연막을 친 것일까? 고라니 오빠가 모든 걸 꿰뚫고 있었다고 생각하자 농락당했다는 기분이 들었다.

고라니 오빠는 민선 언니랑 바람피우는 중이고, 써니는 그 사실을 이미 알고 있다. 근데도 써니는 오빠를 용서해 줬다고? 만약 맹탐정이었다면 고라니 오빠의 머리카락을 다 뜯어 버렸을 것이다.

"벌써 가?"

"내가 가든 말든, 남의 인생에 상관하지 말아 줄래?"

맹탐정은 괜히 쩡이에게 신경질을 부렸다.

"언니는 세상 인생 다 참견하고 다니잖아! 그러지 말고 우리 언니나 좀 말려 봐!"

"뭘 말려?"

"방을 보고도 몰라? 역시 탐정은 아무나 한다는 게 학계의 정설!"

"너, 써니한테 잘해 줘. 써니 지금 많이 힘들 거야."

"오빠한테 집착이나 하지 말라고 해."

얘는 정말 아무것도 모르는구나. 써니가 얼마나 외로울까 생각하니 착잡해졌다. 벽에 붙어 있는 고라니 오빠의 사진이 더 밉게 느껴졌다. 맹탐정은 화가 나서 폴라로이드 사진을 떼어 버렸다.

순간, 쩡이가 휴대폰으로 사진을 찍었다.

"증거 확보. 안 그럼 나한테 지랄하거든."

이번엔 다른 의미로 써니가 안쓰럽게 느껴졌다. 저런 애랑 계속 같이 살아야 한다니. 새삼 맹똘이에게 감사한 마음이 들었다. 맹똘이는 집에 있는 모든 음식을 거덜내고 화도 잘 내지만, 저렇게 사람을 약 올리지는 않으니까.

편의점에 앉아 불닭볶음면을 먹으면서 용우를 기다렸다. 친구의 남자친구가 바람피우고 있다는 사실을 막 알게 됐지만, 그래서 마음이 아프지만, 배가 고픈 건 고픈 거였다. 땀을 뻘뻘 흘리면서 마지막 한입을 먹는데, 용우가 들어왔다.

"지금 그게 입에 들어가?"

맹탐정은 고개를 끄덕였다. 용우가 쯧쯧 혀를 찬 후에 진열대에서 붉닭볶음면을 집어 들었다. 맹탐정은 부어오른 입술을 팔뚝으로 닦으면서 용우를 기다렸다.

"둘이 그냥 만난 거 아니야?"

용우가 계산을 마치고 불닭볶음면에 뜨거운 물을 부었다.

"네가 착각한 거 아니냐고."

용우가 자리에 앉더니 소시지 한 개를 건넸다.

"도대체 뭘 봤는데?"

"둘이 마주 보고 앉은 게 아니라 나란히 앉아서 서로 핸드폰 같이 봤어."

"친하면 그럴 수도 있는 거 아니야?"

맹탐정은 어떻게든 희망의 끈을 놓고 싶지 않았다.

"누나가 형을 안았어."

용우가 젓가락을 툭 소리 나게 뜯은 후 불닭볶음면을 먹기 시작했다. 얼마 지나지 않아 스읍 하는 소리가 들려왔다.

"독서실에서 형이 나오더니 카페로 가더라고. 거기 민선이 누나가 있었어. 근데 보통 친구 사이면 마주 앉을 텐데 옆에 앉는 게 이상해서 계속 지켜본 거야."

"사람 마음이 변할 수야 있지만 바람피우는 건 진짜 아니지 않아? 그건 배신 아니야?"

"그렇지. 근데 나 물 좀 줘."

맹탐정은 용우가 사 놓은 물병을 집어 들었다. 뚜껑을 따서 벌컥벌컥 마시니 속이 조금 나아졌다.

"야! 너 사진 찍었어?"

"사진?"

"증거를 남겼어야지. 오빠가 오리발 내밀면 보여 줘야 할 거 아니야."

맹탐정이 자리에서 벌떡 일어섰다.

"야, 나 물 좀."

"지금 이럴 때가 아니야. 내가 확인해 봐야겠어."

맹탐정이 빠르게 편의점을 나섰다. 뒤에서 욕설이 들려온 것 같은데, 용우는 결코 욕을 할 애가 아니란 걸 떠올렸다. 잘못 들은 거겠지. 만약 용우가 욕을 한 게 맞다면 용우에게서 욕을 끌어낸 사람은 자신밖에 없을 거라고 맹탐정은 자부했다.

맹탐정은 민선 언니 집으로 가면서 써니에게 메시지를 보냈다.

-혹시 너 알고 있었어?

-뜬금없이?

-아…… 그게. 그래, 솔직히 말할게. 고라니 오빠 얘기야.

써니는 한참 동안 답이 없었다. 오빠 바람피우고 있어, 라고 보내려는데 써니에게서 답이 왔다.

-너도 알고 있어?

-우연히 알게 됐어.

-모른 척해 줘.

하아. 평소의 맹탐정이라면 구질구질하게 굴지 말라고 한마디 했겠지만, 이번엔 입이 떨어지지 않았다. 피해자는 써니인데 화내고 싶지 않았다. 공정한 것 같지 않았다. 그러나 한편으로는 다 알고 있으면서 모른 척하는 써니가 이해되지 않았다.

그때 저쪽에서 민선 언니가 걸어오고 있었다. 민선 언니는 승옥 언니 친구다. 어릴 땐 같이 놀기도 했는데 승옥 언니가 정주시로 나가면서 관계가 뜸해졌다. 민선 언니가 맹탐정을 보자 환하게 웃으면서 "오랜만이야!" 하고 손을 흔들었다.

"어디 가는 길이야?"

맹탐정이 자신을 만나러 왔을 거라고는 생각하지 못한 듯했다.

"언니, 연락 안 하고 와서 미안해요."

"나 만나러 온 거야?"

맹탐정이 고개를 끄덕였다.

"사실 못 만날 수도 있을 것 같아서, 아니, 못 만나길 바랐어요. 언니를 만나러 오면서도."

"왜? 너 무슨 일 있어?"

"제가 상관할 일은 아니지만 언니가 모르는 것 같아서."

맹탐정은 편의점을 나서는 순간, 민선 언니가 고라니 오빠와 써니가 교제 중이란 걸 모를 수도 있다는 생각이 번뜩 들었다. 고등학교와 중학교는 떨어져 있다. 아무리 소문이 빠른 곳이라도, 중학교에서 일어나는 모든 일을 고등학생인 언니가 알 리는 없을 것이다. 그렇다면 민선 언니도 피해자가 아닐까?

"뭔데 그래? 더운데 집에 들어갈래?"

안 그래도 땀이 조금씩 솟아나기 시작했다. 땀은 어디에 숨어 있던 것일까.

"고라니 오빠 여자친구 있어요."

민선이 언니가 슬쩍 웃더니 "알아. 써니랑 사귀잖아."라고 했다.

"그럼 다 알고도 그런 거예요?"

언니가 고개를 끄덕이다가 "근데 뭘 그래?" 하고 되물었다.

"언닌 괜찮아요? 둘이 사귀는 게?"

"안 괜찮으면? 물론 헤어지는 게 서로를 위해 낫다고 생각하지만."

"언니! 헤어진 뒤에 만날 수도 있잖아요!"

언니가 고개를 갸우뚱하더니 "너 설마?" 하고 되물었다. 뭔가 잘못되어 가고 있다는 생각이 들었다. 그리고 자신이 헛다리 짚은 게 맞다면, 참 다행한 일이라고 생각했다. 탐정의 명성에 금이야

좀 가겠지만 차라리 그게 나았다.

"아닌 거죠? 전 아닐 거라고 생각했어요. 뭔가 이상하다고, 저는 분명 그렇게 생각했어요."

이렇게 말하고 민선 언니의 이야기를 듣기 시작했다. 언니가 해준 이야기를 종합해 보자, 써니가 너도 알고 있냐고 물었던 게 무엇인지 알 수 있었다. 써니의 마음은 병들어 가고 있었다.

"정신없이 바쁘더니 사건은 잘 해결됐어?"

온라인 수업을 끝내고 어린 왕자's Pick에서 이 책 저 책 살펴보는데 아빠가 물었다. 〈봄날은 간다〉라는 DVD가 눈에 들어왔다. 봄날은 간다라니. 봄날이라는 말을 보자마자 따뜻한 봄볕이 떠올랐다. 그런 봄볕이 사라진다는 뜻일까?

"무슨 사건요?"

맹탐정이 모른 척 되물었다. 아빠가 고개를 절레절레 흔들더니 멀어졌다. 맹탐정을 아는 거의 대부분의 사람들이 맹탐정과 대화하다 보면 고개를 절레절레 흔드는데, 아빠도 드디어 이 대열에 합류했다. 뭐, 서운하진 않았다. 어차피 시간 문제였으니까.

"제가 끼어들 일이 아니라서 가만히 있어요."

처음에는 오빠에게 가서 따질 생각이었다. 증거를 들이밀면서. 그러나 민선 언니에게 사건의 진상을 듣고 나자 이건 당사자들만이 해결할 수 있는 문제라는 생각을 하게 됐다.

“어떤 사건인데?”

궁금한지 아빠가 물었다. 말할까 말까 고민하는데 모르는 번호로 전화가 왔다. 모르는 번호를 절대 받지 않는 사람들도 있는데 맹탐정은 아니다. 광고일 때도 있지만, 또 모르는 거 아닌가. 어떤 재미있는 일이 찾아올지. 모르는 번호에 실려 미지의 사건이 자신을 찾아오는 상상을 자주 한다. 인생은 실제로 뭔가를 할 때보다 기대할 때 더 기쁜 법이 아닐까. 그런 마음으로 전화를 받았는데 고라니 오빠였다.

“제 번호 어떻게 알았어요?”

“용우가 알려 줬어.”

“헐. 저한테 물어보지도 않고. 개인정보 알려 줄 때는 꼭 물어봐야 하는 거 아니에요? 이거 법적으로 문제 있는 거 아닌가.”

“정확히 말하면 용우가 네 명함을 줬어. 네가 여기저기 뿌리고 다닌.”

“아아, 네.”

무고로 맞고소당할 수도 있을 것 같았다.

“근데 왜요?”

“어디야?”

“아빠 책방이요.”

"아, 철없는 어린 왕자."

"그렇게 부르지 마세요."

"1층 카페로 갈게."

고라니 오빠가 왜 연락을 했는지는 모르지만 어쩐지 가슴이 두근거렸다. 사건 때문이 아니었다. 계단을 내려가는 내내 맹탐정의 머릿속에 떠오른 건 고라니 오빠가 아닌 완희 오빠였으니까.

카페에는 사람들이 꽤 있었다. 마스크를 쓰고 발열 체크를 하는 귀찮음을 겪으면서도 사람들은 카페로 왔다. 사람들은 사람들을 보고 싶어 한다. 집에 맛있는 커피가 있어도 밖에서 누군가의 몸짓과 웃는 소리를 듣고 싶은 것이다. 설령 모르는 사람이더라도.

"아이스커피?"

완희 오빠가 물었다. 맹탐정은 우아하게 고개를 끄덕였다.

"용우 기다려?"

오빠는 어느새 용우의 이름까지 알고 있었다. 맹탐정이 우아한 표정을 재빨리 지우고 단호하게 고개를 저었다.

"저 친구 많아요."

오빠가 어깨를 으쓱하고는 커피를 내리기 위해 갔다. 절레절레가 아니어서 다행이었다. 커피가 나오기도 전에 고라니 오빠가 도착했다. 아마 카페로 오면서 전화를 한 것 같다. 고라니 오빠도 아이스커피를 주문했다.

“부탁 하나 해도 돼?”

“부탁이에요, 사건이에요?”

“뭐가 달라?”

“음…….”

맹탐정은 고민하는 척 엄지와 검지로 브이 자를 만들어 턱을 괴었다.

“부탁은 머리 쓸 일이 없는 거고, 사건은 머리 써야 하는 거?”

“그럼 사건.”

오빠가 그렇게 말하고는 “써니에게 헤어져 달라고 대신 말해줘.”라고 했다. 오빠는 손을 맞잡고 있었다. 시원한 에어컨이 쌩쌩 돌아가는데도 땀을 뻘뻘 흘렸다. 오빠는 간절하구나.

그날 민선이 언니에게 들은 이야기는 헤어짐의 속도에 관한 이야기였다. 함께 좋아해서 사귀게 됐지만, 한 사람의 마음이 먼저 떠났다. 그 한 사람이 오빠다. 오빠는 더 이상 써니를 좋아하지 않는다고 했다. 갑자기 변한 자신의 마음에 자신도 당혹스럽다고. 써니에게 처음 고백할 때만 해도 평생 써니만 사랑할 자신이 있었다. 그러나 언제부턴가 써니를 만나는 게 귀찮아졌다. 써니에게 연락이 오면 부담스러운 마음이 먼저 들었다. 용기를 내서 헤어지자고 말했지만, 써니는 받아들이지 않았다.

내가 좀 더 노력할게. 써니는 그렇게 말했다.

그러나 고라니 오빠가 처음 써니를 좋아할 때 써니가 어떤 노력을 해서 좋아한 게 아니듯, 써니가 아무리 노력해도 떠난 오빠의 마음이 돌아오지는 않았다. 그러자 써니는 자신을 해쳤다. 밥을 굶고 잠을 자지 않았다. 오빠는 더 이상 헤어지자는 말을 할 수 없었다.

고민 끝에 오빠는 평소 친하게 지내던 민선 언니에게 상담을 했다. 그 과정에서 언니가 오빠의 핸드폰을 보기도 하고, 어깨를 두드려 주기도 했다. 마침 용우가 그 장면을 보고 오해를 한 것이다.

맥락을 걷어 내고 특정 장면만 떼어 와서 보는 건 얼마나 위험한가. 반 단톡방에서도 그런 일은 자주 일어났다. 누가 누군가의 치부를 폭로하면 애들이 우르르 몰려가 비난을 했다. 하지만 막상 당사자에게 앞뒤 이야기를 들어 보면 전혀 다른 경우일 때가 많았다. 그럼 비난하던 애들은 사과하는 대신에 아니, 그러게 왜 그런 행동을 해서 오해하게 만들어? 한다. 사람들은 자신의 잘못을 인정하는 걸 두려워한다. 잘못을 인정하면 지는 거라고 생각한다. 그러나 자신의 잘못을 부정하는 건 누구나 할 수 있는 일이지만, 인정하는 건 아무나 할 수 없는 일이다.

맹탐정은 그날 언니에게 사과했다. 그리고 더 이상 자신이 끼어들 일이 아닌 것 같아 조용히 빠져 있었다. 고라니 오빠가 이렇게 찾아올 거라고는 상상도 못 했다.

"오빠, 우선 미안해요."

"뭘? 아, 알아. 누나한테 들었어. 그래서 온 거야. 혹시 도움을 받을 수 있을까 하고."

"근데요. 제가 오빠를 오해한 건 정말 잘못한 거지만, 그 말은 대신 못 해 줘요. 그건 남이 대신 해 줄 수 있는 말이 아니잖아요."

오빠가 고개를 끄덕였다.

"써니가 안 다쳤으면 좋겠어. 그래서 너한테 의뢰하는 거야. 설득 좀 해 달라고. 네가 잘할 수 있을 것 같아서."

맹탐정이 말없이 고개를 저으며 "안 다칠 수 있을까요?"라고 되물었다.

둘 사이에는 침묵이 흘렀다.

맹탐정은 끝까지 싫다고 하려다, 써니의 환한 웃음을 떠올렸다. 맹탐정에게 써니의 마음을 되돌릴 능력은 없겠지만, 친구를 위해 말을 전해 줄 순 있을 것 같았다.

"그래도 해 볼게요. 노력해도 안 되면 어쩔 수 없고요."

맹탐정의 말에 오빠가 고개를 끄덕였다. 무거운 기운이 둘을 감쌌다. 오빠가 맹탐정의 커피값까지 계산하고 카페를 나갔다. 완희 오빠가 "한 잔 더 줄까?" 하고 물었다. 맹탐정은 고개를 저었다.

"왜 웃어요?"

완희 오빠가 웃고(고라니 오빠와는 전혀 다른 느낌이다) 있었다.

“아니, 심각한 표정이 귀여워서.”

이거 그린라이트일까?

관심 없는 사람한테 귀엽다는 말은 잘 안 하지 않나? 이건 분명하다.

맹탐정은 카페를 나섰다. 할머니가 저녁에 먹을 삼겹살을 사 오라고 했기 때문이다. 가는 내내 발걸음이 가벼워 괜히 써니에게 미안했다. 친구는 남자친구와 헤어지게 생겼는데, 자신은 곧 서른 번째 연애를 시작할 것 같아서.

“삼겹살 주세요. 세 근이요.”

“세 근이면 많을 텐데.”

“요새 똘이가 씹지도 않고 먹어요.”

맹탐정의 말에 정육점 정 사장이 허허 웃고는 “하여간 말하는 게 귀여워.”라고 했다.

어? 이것도 그린라이트인가?

“귀엽다는 말은 하지 말아 주세요.”

“어어, 그래. 이제 어린이 아니지. 하도 어릴 때부터 봐서 내 눈에는 아직 애 같다니까.”

오빠도 혹시 나를 여자로 보는 대신 어린애로 봐서 이런 말을 한 걸까? 아니야, 아닐 거야. 머릿속에 떠오르는 생각들을 애써

털어냈다.

바다가 보이는 길을 따라 걷다 보면 예쁜 벤치가 있다. 여름에 앉기에는 좀 덥지만, 간간이 바람이 불어오면 시원하기도 했다. 게다가 금처럼 반짝이는 바다를 바라볼 수 있어 좋았다. 써니는 약속 시간을 칼같이 지켰다.

"너 주려고 사 왔어."

써니가 마카롱을 건넸다.

"비싸서 딱 두 개만."

산이군에 새로운 디저트 베이커리가 오픈했다. 특히 마카롱이 맛있다고 소문났다. 맹탐정네 카페에서 파는 마카롱이랑은 차원이 달랐다. 맹탐정은 마카롱을 아주 조금씩 베어 먹었다.

"왜 보자고 했어?"

"의뢰가 들어왔어."

"나랑 관련된?"

맹탐정이 고개를 끄덕였다.

"뭐지? 뭘까?"

써니가 고개를 갸우뚱했다. 그 순간 맹탐정은 써니가 맹탐정이 어떤 이야기를 할지 눈치채고 있다는 확신이 들었다. 갸우뚱 고갯짓에서 어떻게 그런 걸 느꼈냐고 묻는다면 정확히 설명할 수는 없지만. 자연스럽지 않았다. 이쯤에서 갸우뚱해야지 하고 갸우뚱한 것 같았다.

"너도 알고 있어? 라고 네가 분명히 말했잖아."

써니가 한숨을 내쉬었다.

"……절대 인정하지 않겠다고 다짐하면서 왔는데. 절대, 절대. 네가 아무리 안다고 해도 절대 인정하지 않겠다고. 인정하지만 않으면 된다고 생각했는데."

써니가 혼잣말을 했다. 자신을 다그치는 말 같기도 했고 맹탐정을 향해 들어 달라고 하는 말 같기도 했다. 써니는 이곳에 오기 전에 이미 마음의 준비를 한 듯했다.

맹탐정은 어려운 이야기를 꺼내야 한다는 생각에 마음이 무거운 한편 어떤 식으로든 결론이 난다면 써니도 속이 시원하지 않을까 싶기도 했다. 때로는 서로 상반된 감정이 마구 섞여 있을 때가 있다. 어쩌면 헤어지고 싶지 않다는 써니의 마음 한편에 헤어짐을 준비하는 마음도 숨어 있지 않았을까? 그래서 맹탐정이 만나자고 했을 때 거절하지 않은 것이리라.

"사실은 내가 살짝 오해했었어. 고라니 오빠가 바람피운다고. 그래서 너한테 말해 주려고 했는데, 네가 알고 있다고 해서 바람피운 사실을 안다는 건 줄 알았어. 그런데 다른 의미였더라고."

"내가 오빠랑 헤어지기 싫어서 매달리고 있다는 걸, 네가 안다는 건 줄 알았어. 그리고 너한테 모른 척해 달라고 하면서 나 많이 비참했어.”

써니는 시무룩한 표정으로 수평선을 바라봤다.

“사람 마음을 마음대로 할 수 있다면 얼마나 좋을까?”

맹탐정이 말했다.

“잘 모르겠어. 오빠도 분명 날 좋아했는데……. 마음이 어떻게 변하지?”

써니가 한숨을 크게 내쉬었다.

“나도 이제 매달리지 말아야지 생각했어. 근데 오빠가 너무 좋으니까 그게 잘 안 돼.”

써니가 고개를 획 돌리더니 “나 진상이지?”라고 했다.

“나는 사실 오빠도 아직 날 좋아하는데 공부 때문에 시간 내기 어려운 걸 거라고 생각했어. 아니, 그렇게 생각하고 싶었어. 그래서 자꾸 독서실로 찾아간 거야. 오빠가 시간이 없으니까 내가 배려해 줘야 한다고 생각해서.”

이제 맹탐정이 해 줄 말은 없었다. 사랑이 예고 없이 찾아오는 것처럼 헤어짐도 예고 없이 찾아온다. 둘의 마음이 동시에 떠난다면 좋겠지만 대부분은 한쪽이 먼저 떠난다. 그렇다면 먼저 떠난 한 사람이 아직 떠나지 못한 상대를 기다려 줘야 하는 걸까?

써니와 고라니 오빠는 그런 상황이었을까.

써니는 희망을 찾고, 오빠는 써니가 희망을 버리길 기다리고.

"오늘은 안 갔어. 독서실에."

핑크색 마카롱이 써니의 손바닥에서 녹고 있었다.

"잘했어. 너 정말 큰 결심 했다."

맹탐정이 써니의 등을 두드렸다.

"나 이제 누군가를 좋아하고 싶지 않아. 마음이 너무 아파."

써니가 두 손으로 얼굴을 감쌌다. 이내 어깨가 들썩였다. 기쁨은 나누면 배가 되고 슬픔은 나누면 반이 된다고 들었는데, 아닌 것 같았다. 어떤 슬픔은 남이 대신 져 줄 수 없다. 오로지 자신의 몫으로만 남겨진 슬픔도 있다. 성장한다는 건 슬픔을 잘 견디게 되는 것일지도 모르겠다. 하나의 슬픔, 두 개의 슬픔, 세 개의 슬픔, 헤어릴 수 없는 많은 슬픔들을 견뎌 내며 써니와 나는 어떤 어른으로 성장할까.

"고마워."

써니가 맹탐정의 어깨에 머리를 기댔다.

사랑이 달콤했던 만큼 이별은 아프다. 사랑이 끝나는 장면을 지켜보는 게 얼마나 힘든 일인지 맹탐정은 이번에 깨달았다. 이번 깨달음의 나쁜 점은, 깨달았다고 해도 달리 할 일이 없다는 거다.

노을이 지고 있었다. 노랗고 붉었다. 노을이 다 지고 나면 컴컴한 밤이 될 것이다. 써니의 눈물도 점점 말라 갔다. 써니는 잘 이겨 낼 것이다. 그런 확신이 왔다.

일주일 정도 지났을 때 고라니 오빠에게서 톡이 왔다. 용우에게서 들었다고 했다.

-뭘 들었다는 거예요?

-너 사건 해결해 주면 꼭 사례를 받는다며?

사실이지만, 이번엔 받지 않을 생각이었다. 용우는 왜 이렇게 남 일에 참견하고 다닐까? 내가 여기저기 기웃거리며 다닐 때 사람들도 그런 생각을 했을까?

-이번엔 그냥 넘어가려고요. 이유는 묻지 마세요. 아니, 말할게요. 써니를 위해서 한 일이니까 받고 싶지 않아요.

-용우가 네가 그렇게 말할 거라고. 그래도 믿지 말라고. 나중에 가서 사건 해결해 줬는데 사례도 안 한다고 구시렁거리고 다닐 거라던데?

맹탐정은 왜 용우라는 애와 친구가 됐을까? 그래, 누굴 탓하리. 모두 자신의 안목 없음 때문에 일어난 일인걸.

-써니랑 가려고 사 놨던 영화 예매권 두 장이 있거든. 혹시 쓸래?

그 순간 누군가가 떠올랐다. 더불어 친구를 잘못 사귀지 않았다는 생각도! 용우는 맹탐정을 너무 잘 알고 있었다.

-좋아요!!!

맹탐정은 오빠가 마음을 바꿀까 싶어서, 얼른 메시지 창을 닫았다.

곧이어 예매권 번호가 적힌 쿠폰이 도착했다. 한쪽에선 사랑이 끝나고, 한쪽에선 사랑이 시작되려고 한다. 세상은 이렇게 돌아간다.

## 너네가 사랑을 알아?

“오다 주웠다고 해.”

아빠한테 묻는 게 아니었다. 영화표가 두 장 있는데 별로 친하지 않은 친구랑 영화를 보러 가고 싶다니까 해 준 조언이다.

“앞으로 말 시키지 마세요.”

“말은 네가 시키지 않았어?”

맹탐정은 그대로 서점을 나가려다가 “혹시 언니한테 전화 왔어요?”라고 물었다. 작년 여름, 언니는 학교를 그만두겠다고 했다. 내신은 포기하고 수능으로만 대학을 가겠다고. 그런 언니를 엄마와 할머니가 설득해서 학교를 계속 다니게 했는데, 올해 들어 또 그런다.

잠시 지나가는 태풍인 줄 알았는데, 장마의 시작이었던가.

"할머니랑 통화는 한 것 같아. 안 그래도 주말에 다녀오신다고."

"나도 따라가야겠다."

맹탐정이 혼잣말인 듯 대답하고는 서점을 나섰다.

언니에게 다다다 메시지를 보내 놓으면 오랫동안 숫자 1이 없어지지 않는다. 그러다 아주 늦게 1이 없어지고 잘 지내, 하는 답이 온다. 온라인 개학 이후 주 1회나 2회 학교에 가는데, 그마저도 아프다는 이유로 자주 빠진다고 했다.

언니가 걱정되는 한편 아무 일 없겠지 하는 안일한 생각도 들었다. 엄마가 제주도에서 돌아왔으면 좋겠다는 생각이 처음으로 들었다.

맹탐정은 집으로 올라가려다 1층 카페로 향했다. 카페 문을 열자 완희 오빠가 창밖을 바라보고 있었다. 오다 주웠다? 아니, 아니야. 아빠의 조언을 잠시 떠올리고는 고개를 마구 저었다. 절대 그런 말은 안 돼. 스물아홉 번의 연애 경험이 말하고 있었다.

"야, 너 여기 있었어?"

김장우와 이장우였다. 이름도 똑같은데 외모도 비슷하고 심지어 단짝이라서 산이군에 모르는 사람이 없었다. 하긴, 산이군에서는 둘이 이름도 다르고 외모도 다르고 단짝이 아니었더라도 모르는 사람은 없었을 것이다.

"왜?"

"아, 너 보러 온 건 아니고. 용우 만나러 왔어."

"왜?"

"용우가 써니 사건 해결했다고 해서."

"뭐? 누가 뭘 해결해?"

세상에. 같은 사람에게 똑같은 방식으로 여러 번 뒤통수를 맞으면 맞은 사람에게도 문제가 있는 게 아닐까. 그런 애라는 걸 알면서도 어울린 내 잘못일까. 맹탐정은 잠깐 어지러웠다.

"용우랑 써니가 같이 있길래 고라니 형이랑 헤어지고 이제 둘이 사귀는 거냐고 했더니 사건 때문이라고 하던데? 용우가 써니 많이 도와줬다고."

맹탐정이 심호흡을 크게 하고 난 후 말했다.

"잘 들어. 써니에게 문제가 생겼다는 걸 제일 먼저 눈치챈 사람도 나고, 해결해 준 사람도 나야. 너네가 사랑을 알아?"

김장우와 이장우가 눈을 마주치더니 "오~ 사랑이래." 하면서 키득거렸다. 얘넨 평생 연애 같은 건 못 할 것 같다.

"됐고. 딱 하나만 더 말할게. 만약 써니 문제를 해결한 사람이 용우라면 왜 고라니 오빠가 나한테 사례를 했을까? 이제 알겠지?"

"근데 왜 이렇게 화를 내? 그냥 네가 해결한 거라고 하면 되지."

김장우와 이장우가 의아하다는 표정으로 맹탐정을 바라봤다. 탐정에게 누가 사건을 해결했는지가 얼마나 중요한 일인지 설명하려다 그냥 입을 다물었다. 말해도 모를 것이다.

"그럼 우리 일도 좀 도와줄래?"

"됐어."

"문상 열 장."

"5천 원짜리?"

김장우가 고개를 젓고는 "만 원짜리로."라고 했다. 그럼 해야지. 탐정은 일을 가리지 않는다고 누군가 말했었다. 아직도 그 누군가가 누구인지는 찾지 못했지만, 암튼 누군가가 그랬다.

"간단하게 말할게. 루나가 우리 둘 중에 누굴 좋아하는지 알아봐 줘."

"둘 중에?"

둘이 힘차게 고개를 끄덕였다.

"둘 중에 한 명 좋아하는 건 확실해?"

"우리 둘이 똑똑히 들었어."

"뭐라고?"

"좋아한다고."

"너네를?"

둘이 눈을 마주치더니 고개를 끄덕였다.

"그럼 루나한테 물어보지?"

"물어봤는데 절대 아니래. 우리가 잘못 들은 거래. 근데 우리 둘

다 분명히 들었거든? 아무래도 부끄러워서 그러는 것 같아. 왜, 그런 거 있잖아. 좋으면서 싫은 척하는 거. 사실 우리 둘 다 루나를 좋아하고 있거든. 루나가 얠 좋아한다고 하든 날 좋아한다고 하든 깨끗이 인정하기로 했어."

김장우가 팔을 들자 이장우도 팔을 들고 크로스를 했다.

둘은 지금 스스로를 멋있다고 생각하겠지? 세상은 착각으로 돌아가니까. 문제를 해결하고 곧 연락 주겠다며 둘의 등을 떠밀었다.

조금 있다 용우에게 뭐 하냐고 메시지가 왔다. 맹탐정은 무시했다. 애들이 착각을 했으면 그게 아니라고, 사실은 맹탐정이 해결한 거라고 정정해 줘야 하는 게 아닐까? 이 정도 되면 용우는 헛소문을 즐기는 게 맞다.

루나에게 전화를 걸었다. 받지 않았다. 시간을 보니 태권도 학원에 가 있을 시간이었다.

루나네 엄마는 공부를 잘하기 위해 가장 중요한 건 체력이라고 했다. 중학교 때 공부 잘하던 애들이 고등학교 가서 비실거리는 건 다 체력 문제라고. 그러니 시간 있을 때 체력을 키워 둬야 한다고 했다. 그래서 루나는 태권도와 검도를 배우고 매일 밤 줄넘기를 천 개씩 한다. 그래서 공부를 잘하느냐? 무슨 소리! 체육을 잘한다. 너무 당연한 일이다.

"아, 더워!"

루나가 손부채질을 하며 내려왔다. 그 뒤로 도복을 입은 사범님이 같이 내려왔다. 성이 도씨이기도 하고, 도롱뇽을 닮기도 해서 애들이 도롱뇽 쌤이라고 부른다. 태권도로 유명한 대학교를 다니다 학비를 벌기 위해 휴학하고 잠시 집으로 온 것이다.

"어이, 맹탐정! 너도 태권도 배우지? 지금 체력 길러 놓지 않으면 나중에 힘들다."

"탐정이라고 부르지 마세요."

"오, 철들었구나, 맹탐정."

맹탐정은 아무것도 안 들리는 척 귀를 팠다.

"팥빙수 먹으러 갈래?"

루나가 왜냐고 묻지도 않고 알겠다고 했다. 루나는 이런 면에서 맹탐정과 잘 맞는다. 이유를 시시콜콜 묻지 않는다.

"나도 사 줄 거야?"

도롱뇽 쌤이 물었다. 맹탐정이 고개를 저으며 "여자끼리만 할 이야기가 있어요."라고 했다.

"오, 둘이 여자라는 말이지?"

"그럼 제가 남자예요?"

맹탐정이 따지듯 말하고 동의를 구하려고 루나 쪽을 바라보았다. 루나는 이미 맹탐정네 카페가 있는 방향으로 걸어가고 있었다.

몸집은 작은데 식욕과 식탐은 학교 최고다. 남자애들은 그걸 반전 매력이라고 불렀다.

루나는 팥빙수를 검도하듯 해치웠다. 빠르고 정교했다.

“이럴 거면 두 개 시키자고 하지.”

맹탐정이 말하자 루나가 “미안, 너도 좀 먹어.” 했다. 유리그릇 안에는 팥 찌꺼기만 남아 있었다.

“단도직입적으로 물을게. 너 김장우 좋아해? 아님 이장우 좋아해?”

루나가 큰 눈을 끔뻑거리더니 “뭐? 나 둘 다 안 좋아해.” 했다. “내가 미쳤어?”라는 말도 덧붙였다.

“들었다는데? 네가 걔들 좋아한다고 했다던데?”

루나의 귀가 빨개졌다. 정확히 들었다는 둘의 말은 사실인 모양이었다.

“절대 아니야. 나 둘 다 안 좋아해.”

절대 아니라고? 근데 귀는 왜 빨개져. 부끄러워서 아닌 척한다는 김장우 이장우의 말이 맞는 것 같았다. 오늘은 이 정도 수확이면 충분하다. 루나가 “팥빙수 잘 먹었어. 또 보자.” 하고는 서둘러 카페를 나갔다.

“지가 다 먹었으면서 계산은 하고 가야지.”

맹탐정이 툴툴거렸다.

"너도 하나 만들어 줘?"

완희 오빠가 물었다. 맹탐정은 이때다 싶어서 말했다.

"영화표를 오다가 주웠는데…… 같이 보러……."

"표를 주워?"

맹탐정이 고개를 끄덕였다.

"그럼 주인 찾아 줘야지. 그거 범죄야."

완희 오빠는 아주 단호했다. 맹탐정은 순간 자신이 진짜 도둑이 된 것 같았다.

"경찰서 가서 분실물 신고해."

맹탐정은 엄마가 아빠의 뒷모습을 향해 저놈의 자아를 내가 다시 갖다 버리든지 해야지 하고 말했던 게 떠올랐다. 아빠가 자아를 찾지 못해 아직도 방황하고 있었다면 오다 주웠다고 하라는 조언 따위는 하지 못했겠지.

"왜 대답이 없어?"

"상관하지 마세요."

맹탐정은 카페 문을 향해 돌진하다가 막 들어오는 손님과 부딪쳤다. 죄송합니다, 사과하고 빠르게 계단을 올라가는데 뭔가 서러움이 북받쳤다.

그럴 수 있는 건데 왜 이렇게 서러울까. 완희 오빠가 실은 영화표를 오다 주운 게 아니란 걸 알고 있을 것 같다는 생각이 들었다.

어색하지 않게, 난처하지 않게 돌려서 거절한 게 아닐까? 요즘 세상에 영화표를 길 가다 주울 수는 없는 거니까. 그러자 스물아홉 번의 연애 끝에 먼저 차인 건 처음이라는 생각이 들었다.

마음이 아픈 것도 처음이고.

이 정도만 거절당해도 슬픈 게 사람인데, 함께 좋아하다가 상대의 마음이 떠나는 걸 지켜본 써니의 마음은 어땠을까? 밥을 잘 먹지 않은 건 고라니 오빠를 괴롭히기 위해서가 아니라 정말 입맛이 없어서 그랬던 게 아닐까?

여태껏 누군가를 부러워한 적도, 자신이 뭔가 부족하다고 느낀 적도 없는데 맹탐정은 문득 자신이 마음에 들지 않았다.

내 마음이 아닌 완희 오빠의 마음에 들고 싶었다.

목요일. 학교에 가는 날이다. 온라인 수업을 할 때는 학교에 가고 싶고, 학교에 가면 온라인 수업을 하고 싶다. 그래도 오늘은 기쁜 마음으로 나왔다. 루나를 관찰하면서 루나가 둘 중에 누굴 좋아하는지 밝혀낼 생각을 하니, 가슴이 두근거렸다. 감기와 사랑은 숨길 수 없다고 했다. 김장우와 이장우를 보는 눈빛이 아주 똑같을 수는 없을 것이다.

마스크를 쓴 채 수업을 들으려니 머리가 지끈거렸다. 집중이 잘 되지 않았고 딴생각을 하다 보니 자꾸 잠이 왔다. 꾸벅꾸벅 졸다가 친구들이 웃는 소리에 눈을 떴다. 담임과 눈이 마주쳤다. 맹탐정도 다른 애들처럼 웃는 척했다. 뭣 때문에 웃는지 안다는 듯이. 흐흐흐.

"왜 웃어?"

담임이 물었지만 맹탐정은 계속 흐흐흐 웃을 수밖에 없었다.

"왜 웃는데?"

웃으면서 재빨리 용우를 찾았다. 용우가 주먹 쥔 손으로 턱을 닦는 시늉을 했다. 맹탐정이 턱에 손을 댔더니 침이 묻어 나왔다. 꾸벅꾸벅 졸면서 자신도 모르게 마스크를 뺀 것이다.

"마스크 똑바로 써야 돼. 방심하면 안 돼."

"저는 매일 마스크 꼭꼭 써요. 저희 집이 3층인데 아무도 없는 계단에서도 써요."

맹탐정은 졸다가 걸린 것보다 마스크 안 쓰는 사람 취급을 당한 게 더 억울했다. 세상에서 가장 쉬운 게 오해를 사는 거다. 가장 어려운 건 오해를 푸는 거고.

"하나를 보면 열을 아는 법이야."

담임은 다시 수업을 시작했다. 해명하려던 의욕이 빠르게 사라졌다. 이미 오해하기로 마음먹은 사람의 마음을 바꾸는 건 지구를 반대로 돌리는 것만큼 어려운 일이니까. 나사 풀린 선생님이라면 어땠을까? 아마도 맹탐정이 뭘 억울해하는지 단박에 알았을 것이다. 아니 알아채지 못했더라도 섣불리 단정 짓지 않았을 것이다. 자신이 모를 수 있다는 걸 아는 사람이었으니까. 쌤은 얼마나 아프시길래 휴직까지 하신 걸까. 나사 풀린 선생님이 무척 그리워졌다.

수업 시간이나 쉬는 시간 내내 관찰했지만 루나는 김장우와 이장우 쪽으로는 시선도 주지 않았다. 그러다 수업이 끝나고 집에 가기 직전, 셋이 모여 있는 모습이 포착됐다. 용우에게 텔레파시를 보냈다. 용우도 자석에 이끌리듯 맹탐정 쪽으로 왔다. 맹탐정이 쌌던 가방을 풀었다 다시 쌌다. 용우도 괜히 맹탐정의 필통을 만지작거렸다.

"태권도 학원 가야 되는데."

루나가 어깨를 으쓱했다.

"태권도 끝나고는?"

"글쎄, 난 팥빙수 별로인데."

김장우가 팥빙수를 먹자고 한 모양이었다.

"그럼 아이스커피는?"

이건 이장우의 말. 루나가 가방을 둘러메며 "팥빙수보다는 낫지."라고 했다. 맹탐정의 머릿속에 띠링! 하고 종이 울렸다.

"그럼 태권도 학원 입구에서 기다릴게."

"나는?"

김장우가 묻자 루나가 “너도.”라고 말했다.

“알아냈어.”

셋이 교실을 나간 뒤 맹탐정이 말했다.

“루나가 좋아하는 건 이장우야.”

“이유는? 설마 팥빙수 싫고 아이스커피 좋다고 해서? 진짜 팥빙수 싫어하고 아이스커피 좋아할 수도 있잖아.”

맹탐정이 피식 웃었다.

“쟤 팥빙수 킬러야. 며칠 전에 나랑 같이 먹었는데 나 한입도 제대로 못 먹었어. 쟤가 하도 맹렬히 먹어서.”

“오! 그럼 100프로다.”

용우가 눈을 반짝반짝 빛냈다.

그날 저녁, 맹탐정은 김장우와 이장우를 만나 결과를 통보했다. 김장우는 쿨하게 받아들이겠다는 말과는 달리, 확신할 수 있어? 진짜 팥빙수를 좋아한다고? 말도 안 돼, 내가 쟤보다 못한 게 뭔데, 같은 말들을 내뱉다가 끝내는 걔가 눈이 낮다니까, 라는 말까지 해 버렸다.

이장우는 승리자의 기분에 도취되어 김장우가 뭐라 하든 말든 신경 쓰지 않았다. 헤헤헤, 빙구처럼 웃으며 루나에게 톡을 보냈다.

그리고 그날 밤, 아주 늦은 시간에, 루나에게 연락이 왔다.

-네가 탐정 일에 재능 없는 건 알았지만 이렇게 최악일 줄은 몰랐다.

맹탐정이 전화를 걸었지만 루나는 받지 않았다. 그리고 하나의 메시지가 더 왔다.

-그날 팥빙수 먹고 체해서 당분간 팥빙수 꼴도 보기 싫었거든? 탐정 일의 기본은 조사 아니야?

망치로 머리를 얻어맞은 기분이었다. 영은 언니 때도 놓치고 있었던 것! 당사자가 아니라 당사자 주변만 조사해서다. 둘 다 좋아하지 않는다는 루나의 말은 사실이었던 걸까? 좋아해, 라는 말을 똑똑히 들었다는 김장우와 이장우의 말은?

A, B, C부터 다시 조사해야겠다. 오랜만에 초심자의 기분이 되었다.

“내일 승옥이한테 같이 갈래?”

할머니가 물었다. 맹탐정이 고개를 끄덕였다.

“전화를 해도 네네, 이러기만 하고 통 어떻게 지내는지 알 수가 있어야지.”

“어머니, 너무 걱정 마세요.”

식탁 의자에 앉으며 아빠가 말했다.

“이놈아! 너는 딸이 저렇게 방황하는데 걱정도 안 돼? 어?”

할머니가 큰소리를 냈다. 그러고 보니 할머니의 안색이 좋지 않았다. 카페는 완희 오빠에게 맡겨 놓고 매일 놀러 다닌다고 생각했는데 실은 언니 걱정에 마음이 힘들었던 걸까? 할머니가 손부채를 부치며 의자에 앉았다. 아이고 아이고, 되다.

"……제가 뭐라고 말할 자격이 되나요."

아빠가 우물쭈물 말했다.

맹탐정은 온라인 수업을 끝내고 루나가 나올 시간에 맞춰 태권도 학원 앞으로 갔다. 맹탐정은 잘못에 대해 사과하는 걸 자존심 상해하거나 창피하게 생각하지 않았다. 잘못을 하고도 사과하지 않는 걸 오히려 창피하게 생각했다. 사람은 누구나 실수할 수 있으니까. 자기는 잘못을 안 한다고 생각하는 건 오만이다. 자기를 객관적인 눈으로 봐야 한다.

"너 되게 웃긴다."

함께 루나를 기다리고 있던 용우가 말했다.

"내가 뭐라도 실수했을 땐 엄청 뭐라고 그러면서, 네가 실수하니까 사람은 누구나 실수할 수 있는 거라고?"

용우가 툴툴거렸다.

"너 원래 과묵하지 않았어?"

맹탐정이 오랫동안 궁금했던 걸 물었다. 1학년 때 알던 용우와 지금의 용우는 이름만 그대로고 아예 다른 사람인 것 같다.

"몰라. 너한테만 말이 많아지네."

"너, 혹시…… 나 무시하냐?"

그때 루나가 내려오는 게 보였다. 엘리베이터가 있지만 태권도 학원은 2층이라 보통 계단으로 다닌다.

"맹! 왜 왔어?"

루나의 표정이 좋지 않았다.

"어이, 맹탐정!"

도롱뇽 쌤이다.

"저번에도 루나 기다리더니 둘이 엄청 친한가 봐."

"아니요."

루나가 새침하게 말했다. 맹탐정도 "친한 건 아니고 비즈니스예요."라고 했다.

"비즈니스?"

"탐정 일이에요."

"진짜 일을 하긴 하는구나. 신기하다. 너 나중에 형사 되는 거 어때?"

"왜 남의 미래까지 참견하세요?"

"와, 루나야. 너는 얘랑 어떻게 대화를 하냐? 네가 일방적으로 맞춰 주는 거지? 너 너무 착하게 살면 안 돼."

쌤이 맹탐정과 루나를 번갈아 보며 말했다. 루나가 고개를 숙인 채 입꼬리를 살짝 올렸다. 수줍은 미소다. 저 말의 어느 부분이 루나를 수줍게 했을까?

말의 내용보다 누가 말하는지가 중요할 때가 있다. 지금이 바로 그런 상황이라는 걸 눈치채기까지 얼마 걸리지 않았다. 그리고 바로 도롱뇽 쌤의 이름이 궁금해졌다.

"근데 너네 카페 지인 할인 같은 거 없어? 나 거의 매일 가는데."

"저랑 친하세요?"

맹탐정은 방금 떠오른 생각을 들키지 않기 위해 일부러 큰 소리를 냈다. 도롱뇽 쌤은 "하여간 무슨 말을 못 한다니까." 하고는 가던 길을 갔다.

건들거리는 폼이 밉상이기는 했지만 짧은 머리와 흰 도복이 무척 잘 어울렸다. 평소에도 뭐가 그렇게 자신 있는지 이름이 적힌 도복을 입은 채 거리를 활보한다. 완희 오빠만 아니었더라면 서른 번째 연애 상대로 생각해 봄 직했다.

"너 아까 왜 그렇게 수줍게 웃었어?"

맹탐정이 도롱뇽 쌤이 사라진 골목을 바라보며 물었다.

"내가?"

루나가 되묻더니 "아, 맞다! 나 준비물 사러 가야 하는데!" 하고는 인사도 없이 가 버렸다.

"내가 널 거둬 줘야지 안 그럼 누가 너랑 친구 해 주겠어."

용우가 말했다.

"너무 뻔한 진실까지, 어떤 편견 때문에 돌아왔다는 생각이 들어."

용우가 맹탐정의 어깨를 툭툭 쳤다.

"너도 눈치챘어?"

"루나가 장우 좋아한다는 거? 근데 그 장우도 저 장우도 아니란 거?"

다 알고 있었구나. 역시 위험한 놈이다. 용우가 용탐정 고민 상담소를 차리기 전에 꼭 옆에 붙들어 둬야지.

집에 들어가 보니 아빠가 서점 문을 일찍 닫고 들어와 있었다. 보통은 여덟 시쯤 문을 닫고 늦은 저녁을 먹는다.

"저녁 안 먹었지?"

아빠가 물었다. 맹탐정은 고개를 끄덕였다. 맹똘이는 소파에 앉아 새우깡을 아그작아그작 소리 나게 씹어 먹었다.

"오리고기 사 왔으니까 오랜만에 고기 좀 실컷 먹자."

식탁을 보니 마트 로고가 박힌 봉지가 놓여 있었다. 봉지 안에는 훈제오리고기 두 팩과 머스터드 소스, 양파와 상추 등이 들어 있었다.

"오!"

맹탐정이 짧은 탄성을 내뱉자 아빠가 흐뭇한 표정을 지었다. 아마도 할머니 때문에 사 온 거겠지?

"얼른 할머니도 나오시라고 해."

"할머니 집에 계세요?"

아빠가 방문을 가리켰다. 방문을 열자 할머니가 침대에 옆으로 누워 있었다.

"할머니 식사하세요."

"안 잤다."

할머니가 눈을 부릅뜨며 말했다.

"잤다고 안 했어요."

밥솥에서 밥을 푸고 냉장고에서 김치를 꺼냈다. 엄마가 제주도로 간 뒤로는 각자 차려 먹었던 터라 맹똘이까지 다 함께 먹는 건 오랜만이었다.

"어머니, 오리 사 왔으니까 많이 드세요."

"무슨 오리를. 됐어."

"어머니, 그러지 마세요. 이럴 때일수록 몸 챙겨야 돼요. 오리가 몸에 얼마나 좋은데요."

"아, 됐다니까."

할머니가 냉장고 쪽으로 가며 말했다.

"아, 참. 오리 얼마 안 해요. 먹는 데 돈 아끼는 것만큼 미련한 게 없다잖아요. 어머니도 이제 건강 생각하셔야 할 나이예요. 제가 참

고서 판 돈으로 산 거니까 돈 걱정 마시고 맘껏 드세요."

매번 저러신다니까. 오리고기 얼마나 한다고. 아빠가 들릴 듯 말 듯 말했다.

"할머니, 드세요. 돈 아깝다고 생각하지 마시고 많이 드셔야 해요. 그래야 힘내서 내일 언니 보러 가죠."

맹탐정도 거들었다. 사실 할머니가 돈 아끼느라 먹을 걸 못 먹는다고 생각하지 못했는데, 아빠 말을 듣고 보니 그런 것도 같았다. 오랫동안 떨어져 살았어도, 자식은 자식인 모양이었다.

할머니가 냉장고 문을 열며 "쟤는 왜 갑자기 뚱딴지같은 소리를. 아니, 내가 돈 걱정을 왜 하니? 평생 죽을 둥 살 둥 일만 하며 살았는데." 했다.

할머니는 야채 칸에서 고기 팩을 꺼냈다. 마블링이 예쁘게 피어 있는 걸 보니 꽃등심이었다. 이어 갈빗살과 안심을 꺼냈다.

"소고기 구워 먹으려고 했더니 무슨 오리를 먹으라고. 오리 너나 많이 먹어라. 승지야, 똘이야, 우린 소고기 먹자."

아빠가 머리를 긁적였다. 맹탐정도 민망한 마음에 아빠를 노려봤다. 그럼 그렇지. 할머니는 그런 사람이 아니었다. 소파에서 새우깡을 먹고 있던 맹똘이가 스프링처럼 튀어 올라 할머니 옆에 딱 붙어 섰다.

프라이팬을 달구고 꽃등심을 올렸더니 차르르 소리가 났다. 무

더운 한여름 밤 땅을 달래기 위해 내리는 소나기 소리 같았다. 촤아아아. 차르르르. 그 옆에서 아빠가 훈제오리를 굽기 시작했다. 기름이 흐르다 못해 이리저리 튀었다.

“내일 승옥이한테 가져갈 것도 두 팩 사 놨다. 아이스팩에 돌돌 말아서 가져가야지.”

할머니가 식탁 의자에 앉으며 말했다.

“역시!”

냉큼 한마디 얹은 후 집게로 꽃등심 한 점을 입에 넣었다. 입 안을 기름칠한 기분이었다.

“아아악!”

오리고기에서 나온 기름이 자꾸 튀어 아빠가 아 뜨거 아 뜨거를 외쳤다. 불을 좀 줄이면 될 텐데 가장 센 불로 두고는 계속 아 뜨거만 외쳤다. 아빠는 자신이 사 온 건 자신이 책임지겠다면서 오리고기 한 팩을 다 먹었다. 나머지 한 팩도 책임지라고 했더니 그건 내일 책임지겠다고 했다.

그날 밤, 아빠가 맹탐정에게 애처롭게 물었다.

“꽃등심 맛있었지?”

맹탐정은 고개를 끄덕이며 다시 한번 생각했다. 나이 마흔 넘어서 철이 안 들었다는 건 절대 자랑이 아니라고. 철 없는 어린 왕자 간판을 핍박하던 엄마가 그리워졌다.

벨을 세 번이나 누른 후에야 언니가 푸시시한 얼굴로 문을 열었다. 자다 깬 몰골이었다. 맹탐정과 할머니는 땀을 주르륵 흘리고 있었다. 언니를 따라 집으로 들어갔다. 거실 겸 방이 하나 있고 양쪽에 부엌과 화장실이 붙어 있다. 세 번 정도 와 봤지만, 올 때마다 적응이 되지 않았다.

"언니, 아침은 먹었어? 아니, 점심은?"

시곗바늘이 한 시를 가리키고 있었다.

언니는 대답 대신 침대에 누웠다. 할머니가 부엌으로 가서 바리바리 싸 온 반찬을 냉장고에 넣고, 먹지 않은 반찬들을 꺼냈다. 이것 또한 할머니가 싸서 보낸 반찬들이었다. 할머니는 왜 안 먹었냐, 아깝다 등의 말을 하지 않았다. 쓰레기봉투에 음식물을 버리고, 쌀을 씻어 밥을 하고, 꽃등심을 구웠다.

할머니가 밥을 차리자 언니가 그제야 상 앞에 앉았다. 밥상에 앉아 셋이 밥을 먹는데, 아무 말도 오가지 않았다. 밥을 다 먹고 설거지까지 마치자마자 할머니가 단호한 목소리로 "가자."라고 말했다. 언니는 고개를 저었다. 할머니가 맹탐정에게 눈짓했다.

맹탐정은 언니의 옷을 굴러다니는 종이 가방에 넣고, 할머니는 싸 온 반찬을 다시 아이스박스에 넣었다. 척척 준비를 끝내고 신발을 신자, 언니가 마지못해 노트북 가방을 챙겨 들었다.

할머니가 버스 대신 택시를 타자고 해서 택시를 탔다.

언니가 아프다는 걸 어렴풋이 알고 있었지만, 이 정도로 아픈지는 몰랐다. 너무 무관심했다는 생각이 들자 코끝이 찡해졌다. 언니가 학교를 그만두겠다고 했을 때 혹시 친구 관계의 문제인가 싶어 엄마가 선생님과도 상담해 봤지만 친구 문제는 아니었다. 공부 때문에 가족을 떠나 타지로 나왔는데 성적이 떨어지니 자신이 쓸모없는 사람처럼 느껴진 모양이었다. 다행히 2학기에 성적이 오르면서 학교를 그만두겠다는 말이 쏙 들어갔는데, 올해 들어 다시 이럴 줄은 몰랐다.

"엄마 제주도에 있는 건 알지?"

언니가 고개를 끄덕였다.

"그동안 고생했다고 할머니랑 아빠가 여행 보내 준 거야."

"포장은. 하도 떽떽거려서 잠깐 보냈다."

할머니의 말에 언니가 피식 웃었다.

"언제 오시는데?"

"곧."

"보고 싶어?"

언니는 고개를 저었다.

"쉬고 싶어. 맨날 누워 있는데, 그래도 계속 쉬고 싶어. 아무래도 몸이 이상한 것 같아."

"몸과 마음이 제각각인 게 아니야. 우선 몸부터 챙기자."

조수석에 앉은 할머니가 고개를 뒤로 돌리며 말했다. 마음을 굳세게 먹으라고 하지 않아 좋았다. 할머니는 언제나 옳은 말만 한다.

"언니, 엄마 제주도 가면서 카페 알바를 뽑았는데, 좀 생겼어."

맹탐정이 속삭였다. 언니가 피식 웃었다. 거짓말인 줄 아는 것 같은데 완희 오빠 얼굴 보면 깜짝 놀랄 것이라고 확신한다. 객관적으로!

-저 할 말이 있어요.

월요일 온라인 수업 시작 전, 반 단톡방에 루나가 글을 남겼다. 맹탐정은 온라인 수업이 끝난 후에 김장우와 이장우를 찾아가 루나가 진짜 좋아하는 장우가 누구인지 말해 줄 참이었다. 원래 주말에 말하려고 했는데, 언니 일로 정신이 없었다. 근데 그 전에 루나가 먼저 글을 올린 것이다.

-저는 김장우와 이장우를 단지 친구라고 생각합니다. 김장우와 이장우가 맹탐정한테 제가 장우를 좋아하는 게 확실한데 둘 중 누굴 좋아하는지는 모르겠으니 찾아 달라고 했다는 이야기를 들었습니다. 그 이야기를 듣고 황당했습니다. 왜냐하면 저는 둘을 친구로 생각한다고 몇 번이나 말했기 때문입니다. 제가 쑥스러워서, 부끄러워서, 좋아하는데도 불

구하고 좋아하지 않는 척했다고 하던데, 제가 왜 쑥스러워하고 부끄러워 합니까? 김장우와 이장우가 방탄소년단이라도 됩니까? 그리고 김장우와 이장우가 방탄소년단이라면, 제가 여기저기 좋아한다고 소문내고 다니지 왜 아니라고 부인합니까?

한 글자 한 글자 화난 게 느껴졌다.

-저는 부끄럽거나 쑥스러워서가 아니라 정말로 김장우와 이장우를 친구로 생각하기 때문에 친구라고 한 것입니다. 저는 저의 마음을 부끄러워하는 사람이 아닙니다. 제가 좋아하는 사람은 김장우나 이장우가 아닌 도장우입니다.

"아아."

아무도 듣는 사람이 없는데도 맹탐정의 입에서 탄식이 흘러나왔다.

그날, 도장우라고 수놓인 도롱뇽 쌤의 도복이 햇빛을 받아 반짝였다. 그걸 보고 깨달았다. 루나가 진짜 좋아하는 장우가 누구인지. 맹탐정의 추측으로는 루나가 친구에게 장우 오빠를 좋아해, 하고 말하는 것을 김장우와 이장우가 얼핏 듣고 본인들 중 한 명을 좋아한다고 오해한 것 같다.

루나는 지금 자신의 마음을 용감하게 고백했다.

여자들은 좋으면서도 싫은 척한다고 말하는 사람들이 있는데, 틀린 말이다. 대부분 좋으면 좋다고 한다. 만약 거절당했다면 좋으면서 싫은 척은, 이라고 할 게 아니라 정말 나를 좋아하지 않는구나, 하고 깨달아야 한다. 맹탐정도 처음에는 루나의 말이 아닌 부끄러워서 싫은 척한다는 김장우와 이장우의 말을 믿었다. 그러나 루나는 처음부터 지금까지 자신의 마음을 솔직하게 말했다. 맹탐정은 이내 부끄러워졌고, 루나에게 사과하고 싶었다.

잠자코 있던 담임이 루나의 말을 공지사항으로 등록해 주었다. 그래서 산이중학교 2학년 단톡방의 공지사항은 '저는 김장우와 이장우를 단지 친구로 생각합니다'가 되었다.

-맹탐정 또 헛다리 짚은 거야?

누군가의 톡에 맹탐정이 화가 나서 답을 쓰려는데,

-맹탐정은 이미 눈치챘음. 다만 말할 타이밍을 못 찾았음.

이라고 용우가 남겼다. 꽤 쓸모가 있는 조수였다.

-물론 처음에 헛다리 짚은 건 맞음.

역시 믿을 놈이 아니었다. 맹탐정이 발끈해서 놀리냐? 라고 쓰려는데,

-혹시 너네 둘이 사귀어?

하고 누가 썼다.

-아니, 나는 맹승지를 단지 친구로만 생각하는데?

용우가 바로 맞받아쳤다.

이내 단톡방은 'ㅋㅋㅋ'로 도배가 됐다.

용우는 미워할 수가 없는 애였다. 솔직히 말하면 가끔 사랑스러웠다. 우정에 대해 생각하면 온몸에 닭살이 돋는 것 같았지만, 지금 용우와 나누는 감정은 우정이 아니라고 말하기 어려웠다.

사랑은 첫눈에 반하기도 하지만 우정은 오롯이 싸우고 화해하고 이해하고 다시 싸우는 시간을 통해서만 쌓을 수 있다.

우정은 사랑만큼 소중하다고, 아직 우정도 사랑도 잘 모르는 맹승지는 생각했다.

목요일에 학교에 가니 어디선가 "김친구!" 하는 소리가, 또 어디선가는 "이친구!" 하는 소리가 들렸다. 수업 중에 담임이 말했다.

"친구가 발표해 보지 그래?"

"선생님! 김친구요, 이친구요?"

애들이 묻자 담임은 "김친구부터."라고 했다.

쉬는 시간, 애들은 김친구가 지나가면 나는 너를 단지 친구라고 생각해, 하고 놀렸고, 이친구가 지나가면 장우를 좋아하긴 하는데 김장우도 이장우도 아닌 도장우랍니다, 하고 놀렸다. 김친구와 이친구는 맹탐정을 노려봤다.

"문상 돌려줘."

"언제까지 알아봐야 한다는 말은 없었잖아. 난 지난주에 이미 알았다고."

"루나가 단톡방에 올리기 전에 우리한테 말해 줬으면, 그런 망신은 안 당했어."

"그건 돌발 상황이잖아. 루나가 그럴 줄 내가 알았어? 그리고 너네가 얼마나 답답하면 그랬겠어. 나는 루나 마음 백번 천번 이해가 가."

맹탐정은 그렇게 말하고 문상 열 장을 돌려줬다. 보수는 성공의 대가로 받는 것이니, 이번엔 돌려주는 게 당연하다.

"솔직히 우리 정도면 괜찮지 않냐?"

김친구가 말하자 이친구가 고개를 끄덕였다.

"아니, 전혀 안 괜찮아."

맹탐정은 그냥 가려다가 둘의 표정이 안쓰러워 덧붙였다.

"너네가 별로여서가 아니라 루나 마음이 그런 거야. 마음이란 게 그렇잖아. 객관적으로 순위 매겨서 좋아하는 게 아니잖아. 너네 루나가 1등으로 예뻐서 좋아하는 거야?"

김친구와 이친구가 동시에 고개를 끄덕였다. 아아. 말을 한 내 잘못이다. 맹탐정이 휙 뒤돌아서서 교실을 나가려는데 김친구가 가방을 잡았다.

"왜?"

"도장우 형이랑 나랑 외모만 놓고 보면 누가 더 잘생겼어? 그것만 말해 줘."

"나는 있잖아. 자기 객관화가 엄청 중요하다고 생각하거든? 네 자신을 남이라고 생각하고 바라봐 봐. 그럼 답이 나오지 않냐?"

김친구가 어깨를 으쓱했다. 이친구도 마찬가지다.

"우리가 낫지. 객관적으로 보면."

자기 자신을 객관적으로 바라보기란 얼마나 어려운 일인가. 나이 마흔이 넘어 스스로를 어린 왕자라 칭하는 아빠가 차라리 나은 것 같았다. 김장우와 이장우의 미래가 머릿속에 그려졌다.

한참 운동장을 걸어가는데, 루나가 불렀다. 멈춰 서서 루나가 올 때까지 기다렸다가, 루나가 가까이 오자마자 말했다.

"미안해."

맹탐정은 이어 말했다.

"사과하고 싶었어. 네 말을 믿지 못해 미안해. 나도 김친구, 이친구 말대로 네가 부끄러워서 좋은데도 싫은 척한다고 생각했어."

"산책할래?"

가만히 서 있기만 해도 땀이 나는 여름에 산책을 하자는 건 얼굴에 대고 욕하는 것보다 더 나쁜 짓이다. 차라리 욕을 해, 라고 말하고 싶었지만, 순순히 루나를 따라나섰다. 다행히 바닷가 쪽으로 걸었다.

"문상 내가 줄게."

벤치에 나란히 앉자마자 루나가 말했다.

"솔직히 처음에는 너무 곤혹스러웠는데 네 덕분에 용기를 냈어."

"무슨 용기?"

"고백할 용기."

루나의 짧은 머리카락이 바람에 흩날렸다.

"거절당할까 봐 고백 못 했거든."

문상을 준다는 건 성공했다는 뜻 아닐까?

"오, 성공했어?"

"아니, 좋은 오빠 동생으로 지내재."

"좋으면서 싫은 척 아닐까?"

맹탐정이 말을 꺼낸 동시에 둘 다 깔깔 웃었다.

"그 말 말고 다른 말은 없었어?"

"아, 있었어."

"그렇지?"

지금은 너무 어리니까 나중에 크면 만나자, 같은 말일 것이다. 맹탐정이 괜히 설레었다.

"태권도 전공할 생각 없냐고. 지금이라도 늦지 않았다고. 우리 엄마 좀 보재."

하아. 맹탐정이 탄식을 내뱉었다. 루나도 하아, 하고 같이 탄식을 내뱉으며 "왜 내가 안 좋아하면 날 좋아하고, 내가 좋아하면 날 안 좋아할까?" 하고 물었다.

"인생이 원래 그렇지, 뭐."

맹탐정의 말에 루나도 고개를 끄덕였다. 루나가 주머니에서 문상을 꺼냈다. 맹탐정은 열 장 중에 다섯 장만 받았다. 루나도 더 권하지 않았다.

"근데 나 태권도가 너무 좋아. 계속하고 싶어. 국대 하긴 늦었어도 그냥 전공으로는 괜찮지 않을까?"

"너 혹시 도롱뇽 쌤이 아니라 태권도를 좋아하는 게 아닐까? 태권도가 너무 좋아서 도롱뇽 쌤까지 좋아진 거지."

"그건 아니야."

"그래."

루나가 그렇다면 그런 것이다.

맹탐정과 루나는 나란히 집으로 걸어갔다. 바닷바람이 맹탐정과 루나의 등 뒤에서 불어왔다. 인생에는 느닷없는 불행도 있지만 눈치채지 못한 축복도 있다. 지금 불어오는 바람처럼 말이다.

"시원하다."

"응. 시원해."

"근데 우리 카페 완희 오빠 어떤 것 같아?"

"잘 못 봤어. 왜?"

"아니야."

"아니긴."

"진짜 아니야."

"고백 강추. 속이 시원함. 물론 쓰리기도 하지만."

맹탐정은 완희 오빠의 마음에 대해 생각했다. 맹탐정은 오랫동안 자신의 마음을 들여다보려고 애썼다. 나는 누구인지, 알고 싶었다. 아빠가 자아를 찾아 헤맨 것처럼 맹탐정도 자신을 찾아 헤맸다. 그런데 사랑은 자신이 아닌 상대의 마음을 들여다보는 일이다. 그건 나를 들여다보는 일만큼 어렵다.

완희 오빠의 마음은 어떨까?

맹탐정은 나를 넘어 타자에게로 향하는 마음이 부담스럽게 느껴졌다. 완희 오빠가 좋아하는 음식, 좋아하는 스타일, 좋아하는 책 등이 궁금해 미치겠다가도 그런 걸 궁금해하는 자신이 싫었다.

"어, 김친구 이친구 프로필 바뀌었네."

"안 궁금해."

루나가 터벅터벅 걸어 태권도 학원으로 향했다. 관심이 없으면 궁금하지도 않다. 맹탐정도 궁금해서 본 건 아니다. 습관적으로 들어갔다가 눈에 띄었을 뿐.

-우리 우정 포레버: 남자는 사랑보다 우정이지!

두 팔을 크로스하고 있는 프로필 사진 아래 쓰인 상태 메시지다. 둘이 사진도, 문구도 똑같이 해 뒀다. 그걸 보니 걱정하지 않아도 될 것 같았다. 둘은 승리하고 있었다.

정신 승리도, 승리는 승리니까!

## 수요일 밤의 미스터리

유명 맛집 사장님이 말하기를, 음식 장사로 성공하려면 한 번 온 손님을 또 오게 하면 된다고 했다. 당연한 말이지만 쉽지 않다. 맹탐정 고민 상담소도 마찬가지다. 재오픈한 이후 고민 상담이 아닌 연애 상담만 들어오고 있지만, 연애도 넓은 의미로 보자면 고민 안에 포함된다. 한 번 온 손님을 또 오게 해야 유지가 되는데 여태까지는 그런 적이 한 번도 없었다. 그런데! 영은 언니가 또 찾아왔다.

"이번에도 엄마 문제야."

"왜요? 다시 언니 못 보낸대요?"

영은 언니가 고개를 저었다.

"엄마가 연애를 시작한 것 같은데 상대가 누군지 좀 알아봐 줘."

영은 언니 말로는 연애를 시작한 게 맞는데 엄마가 자꾸 아니라고 거짓말을 한다고 했다.

"난 진짜 상관 없거든. 아니, 오히려 더 좋아. 엄마만 두고 정주시 갈 생각하니까 마음이 좀 안 좋았거든. 그래서 엄마가 연애했으면 좋겠어. 근데 자꾸 잡아떼니까 더 궁금한 거 있잖아. 네가 좀 찾아봐 줘. 사례할게. 참, 승옥 언니 와 있다며?"

"네, 지금 집에 있어요."

"언니 좀 보고 가야겠다."

영은 언니가 자리에서 일어서다 "어, 완희 오빠!" 하고 아는 척을 했다.

"안녕."

완희 오빠가 아까부터 쳐다보고 있길래 맹탐정은 자신을 보고 있는 줄 알고 자꾸 머리카락을 쓸어내렸었다. 헌데 영은 언니를 보고 있었던 모양이다.

"둘이 알아요?"

맹탐정이 묻자 영은 언니가 "응, 나 일주일에 한 번씩 정주시로 그림 배우러 다녔잖아. 그때 같은 학원 다녔어."라고 했다.

"오빠가 우리 학원 에이스였어. 근데 학교 안 다녀요?"

"자퇴했어."

완희 오빠가 덤덤히 말했다.

"왜요?"

"그러니까. 왜 그랬을까."

"오빠 정주시 살지 않아요? 왜 여기 와서 알바해요?"

"그러니까."

둘의 대화로 여러 가지 사실을 알게 됐지만 그중 가장 중요한 사실은 완희 오빠가 영은 언니에게 조금도 관심이 없다는 사실이다. 관심 있는 여자에게 저렇게 단답형으로 대답 안 하지 않나? 맹탐정의 입이 헤벌어졌다.

"아, 맞다! 깜빡할 뻔했네."

영은 언니가 손에 든 검정 봉지를 내밀었다.

"뭐예요?"

"순대 염통."

"이걸 왜?"

"용우가 그러는데 네가 순대 염통 킬러라며. 그래서 사 왔어. 엄마 문제 좀 잘 부탁해."

영은 언니가 서둘러 카페 문을 열고 나섰다.

"순대 염통 좋아해?"

완희 오빠가 외계인을 보는 듯한 표정으로 물었다. 맹탐정은 대답하지 않았다.

"아니 아니, 좋아할 수도 있는데. 뭔가 되게 구체적이라서 웃기다. 나중에 순대 염통 한번 먹으러 가자."

"싫어요!"

"그래, 알았어. 같이 먹기 싫다 이거지?"

완희 오빠가 맹탐정의 어깨를 툭툭 치고는 카운터 안으로 들어갔다. 같이 먹는 게 싫은 게 아니라 순대 염통을 같이 먹기 싫은 건데. 이 오해를 어떻게 풀어야 할까.

"그게 아니라……."

"됐어. 나도 그냥 한번 해 본 말이야."

완희 오빠는 뭐가 그렇게 좋은지 실실 웃었다. 첫 데이트에 순대 염통을 먹는 사람이 있을까? 차라리 데이트를 안 하는 게 낫다.

카페를 나서는데 엄마한테 전화가 왔다.

"엄마? 허업."

"허업은 뭐야?"

"카페에 있다가 밖에 나왔더니 너무 더워. 제주도는 어때요?"

"바닷바람이 너무 시원해. 맨발로 바닷가 걷다 보면 여름인 것도 잊는다니까."

"오! 너무 좋겠다! 엄마 그럼 간 김에 더 있다가 와."

"승옥이 왔다며?"

"응. 할머니가 억지로 데려왔는데 며칠 쉬니까 많이 좋아졌어. 밥도 잘 먹고. 언니 걱정 말고 여름 끝날 때까지 푹 쉬다 오세요."

"여름 끝날 때까지?"

"네!"

맹탐정이 경쾌하게 대답했다. 엄마와 떨어져 보니 엄마한테 혼났던 일이나 섭섭했던 일은 잘 생각나지 않는데 엄마가 목욕 후에 향기가 좋은 로션을 발라 줬던 일이나 배 아픈 날 흰죽을 쒀 줬던 일들은 기억났다. 그동안 엄마가 너무 고생했다는 생각과 함께 맹탐정은 진심으로 엄마가 푹 쉬었으면 좋겠다고 생각했다.

"그래, 내가 무슨 필요가 있겠니? 할머니가 삼시 세끼 다 차려 줘, 아빠가 용돈 줘. 내가 있어 봤자 잔소리만 하지."

엄마가 전화를 툭 끊었다. 아아. 만약 당장 오라고 했으면 넌 엄마 쉬는 꼴을 못 보니, 라고 했을 거라는 데 순대 염통을 걸겠다.

아니, 그냥 순대를 걸겠다. 염통은 아까우니까.

영은 언니에게 받은 정보를 취합해 보면 미숙 씨는 매주 수요일마다 데이트를 한다고 했다. 남자의 사정상 수요일 저녁에만 시간이 되는 걸까? 화요일 저녁만 되면 방에 들어가서 옷을 입어 보고 편지를 쓰고 난리도 아니라고 한다.

편지라는 말을 들었을 때 언니가 메일을 잘못 이야기했나 싶었다. 미숙 씨의 나이를 떠올려 봤다. 40대 중반? 그 나이대 아줌마 아저씨들은 메일 대신 편지를 주고받는 걸까? 생일에 카드 주고

받는 것과 비슷한 걸까? 아무튼 엄청 고전적인 연애를 하고 있다는 건 알 수 있었다.

"어디 가?"

퇴근 시간에 맞춰 미숙 씨가 근무하는 우체국에 가는 길이었다. 용우가 바싹 따라붙으며 물었다.

"아, 순대 염통 사 먹으려고."

"너 또 삐졌어?"

"삐진 게 아니라 화난 거야. 내가 염통 좋아하는 걸 왜 여기저기 말하고 다녀?"

용우가 머리를 긁적이며 "비밀이야? 몰랐네. 아이스커피 안 마실래?" 했다.

"바빠."

"또 사건 들어왔어?"

맹탐정은 이번 사건을 용우 몰래 해결하고 싶었다. 용우는 성실하고 충직한(추리소설을 읽을 때마다 이 표현을 언젠가 꼭 써 보고 싶었다) 조수지만, 탐정을 향한 존경심이 부족했다.

용우의 도움 없이 이번 사건을 해결해서 맹탐정이 단지 재미만이 아닌 사명감을 갖고 일한다는 점과 실력 또한 뛰어나다는 점을 깨닫게 해 줄 것이다.

"나중에 알려 줄게. 우선은 내 사건에 관심을 좀 꺼 줘."

용우가 입꼬리를 살짝 올리더니 “내 도움 없이 얼마나 잘하나 보자.” 하고는 왔던 길을 돌아갔다.

맹탐정은 우체국 바로 앞에 있는 편의점으로 들어갔다. 편의점에서 미숙 씨가 나오길 기다리고 있자니 작년에 겪은 일이 떠올랐다. 미숙 씨는 가족을 떠나 타지에서 지냈던 자신의 학창시절이 무척 괴로웠기 때문에 딸인 영은 언니가 정주시로 나가는 걸 반대했다. 그러다 마지막에는 자신과 딸이 다르다는 걸 받아들였다. 내년에 언니는 이곳에 없을 것이다. 그러니 만약 미숙 씨가 연애를 한다면 언니에게도 좋은 일일 것이다.

미숙 씨가 나왔다. 초록색 반팔 원피스를 입고 있었다. 마치 땅에 심어 놓은 나무 같기도 하고 나무에 달린 이파리 같기도 했다. 저런 옷을 어디서 구했을지 궁금했다. 그러나 물어보지는 않을 것이다. 분명 예뻐서 묻는다고 오해할 테니까!

어어어 할 새도 없이 미숙 씨가 편의점 가까이 왔다. 유리창을 톡톡 두드리더니 입 모양으로 “뭐 해?”라고 물었다. 맹탐정은 허둥지둥 뭔가를 찾는 척하다가 손바닥을 귀에 가져다 댔다.

“전화요.”

미숙 씨가 아래를 힐끗 내려다보고는 풋 웃었다. 편의점 테이블 위에 핸드폰이 놓여 있었다. 날 멍청이로 생각하겠지? 역시 미행 같은 건 용우를 시켰어야 했을까. 아니야! 꼭 누구랑 연애하는지 찾아내서, 용우가 나를 우러러보게 만들 거야. 자꾸 사라지는 의지를 가까스로 긁어모았다. 그냥 갈 줄 알았던 미숙 씨가 편의점 안으로 들어왔다.

"승옥이 왔다며?"

"네."

"그래, 잘됐네. 승옥이 번호 좀 알려 줄래?"

"왜요?"

"내가 그 맘 알잖아. 그래서."

작년에 영은 언니의 의뢰를 받았을 때만 해도 남의 일이라고 생각했다. 어린 미숙 씨의 외로움과 후회가 잘 와 닿지 않았다. 1년 뒤, 미숙 씨가 겪었던 일은 맹탐정이 가장 사랑하는 언니의 일이 되어 있었다.

현재는 과거와 이어져 있다는 당연한 생각이 들었다. 모두 과거에서 벗어날 수 없다. 그렇다면 과거를 받아들여야 한다. 맹탐정은 언니의 번호를 미숙 씨의 핸드폰에 입력했다. 미숙 씨가 손을 흔들고 나갔다. 어느 정도 거리가 벌어졌을 때, 맹탐정도 편의점을 나섰다.

미숙 씨는 디저트 베이커리로 들어갔다. 산이군에 빵집은 좀 있어도 디저트 가게는 딱 하나다. 마카롱을 비롯해 온갖 예쁜 것들을 직접 만들어서 판다. 밖에서 보니 미숙 씨는 마들렌과 녹차쿠

키를 담고 있었다. 같이 먹으려는 것일까?

가게를 나오는 미숙 씨의 발걸음이 마치 발레하듯 가볍게 느껴졌다.

이제 만나러 가겠지? 했는데 원두를 직접 볶아서 파는 핸드드립 전문 카페로 발걸음을 옮겼다. 그냥 대충 사지. 아까 그 가게에서도 커피 팔 텐데. 너무 더워서 숨이 턱턱 막히는 지경이었다.

유리창으로 미숙 씨가 보였다. 카페 사장님이 콜드브루 병을 봉투에 담아 내밀었다. 24시간 찬물로 내린 커피라는데, 맹탐정네 카페에서도 메뉴에 올리자 말자 말이 많았다. 몇 번 시도해 보다가 할머니가 담뱃재 맛이 난다고 해서 포기했었다. 아빠 말로는 이곳의 콜드브루가 엄청 맛있다고 했다. 그걸 어떻게 아냐고 물으니 아빠는 "아아! 얻어먹었어. 얻어먹었지, 그럼." 하며 입맛을 다셨다.

미숙 씨가 커피를 들고 매장을 나왔다. 한 손에는 디저트가, 한 손에는 콜드브루 병이 들려 있었다. 더 이상 들를 곳은 없겠지. 도대체 누구를 만나길래 편지를 쓰고 마들렌을 사고 커피까지 준비하는 걸까.

미숙 씨가 장미빌라 앞에 멈춰 섰다. 3층으로 된 오래된 빌라다. 이곳에 누가 사는지 떠올려 보았다. 1층에는 감자와 고구마 농사 짓는 할머니와 할아버지가 산다. 2층에는? 기억나지 않았다. 3층은 안다. 아빠 서점에 종종 놀러 오는 아저씨가 산다. 아저씨는 인근 공사장에서 일한다.

미숙 씨는 계단을 올랐다. 1층을 지나 2층에 도착하니, 발소리가 멈췄다. 미숙 씨의 목표 지점은 2층이었다. 2층에 누가 사는지 맹탐정이 모른다, 그렇다면 최근에 누군가 이사를 온 걸까? 코로나 때문에 외출을 삼갔더니 이런 일도 다 있었다. 스스로 산이군을 꽉 잡고 있다고 생각했던 맹탐정의 자존심에 상처가 났다.

미숙 씨는 장미빌라 2층에 사는 남자와, 아니 아니 사람과 연애 중이다. 당연히 남자와 연애를 할 거라고 생각하다가 용우가 떠올라서 사람이라고 정정했다. 용우가 아니었다면 남자는 당연히 여자와 연애하고, 여자는 남자와 연애한다고 생각했을 것이다. 용우는 글자로만 존재하는 미지의 존재가 아니라 맹탐정 바로 옆에서 살아 숨 쉬는 사람이라서 존재를 지울 수 없었다.

저녁 일곱 시가 넘었는데도 낮의 열기가 사그라들지 않고 있었다. 달아올랐던 볼은 여전히 달아오른 채였고 마스크 때문에 숨을 내뱉을 때마다 머리가 어질어질했다. 미숙 씨가 장미빌라 2층에 사는 사람과 연애한다는 사실을 알아냈으니 거기에 누가 사는지만 알아내면 될 터였다. 맹탐정이 살그머니 걸음을 옮기는데 저 멀리서 누군가 뛰어오는 게 보였다. 본능적으로 커다란 나무 뒤로 몸을 숨겼다.

반팔 와이셔츠에 양복바지를 입고 있었고, 팔과 다리가 빼빼 마른 남자였다. 누군지 알아채기도 전에 몇 년 전 금이 갔던 어깨가 시큰거렸다. 떠올리는 것만으로도 관절이 비명을 지르게 만드는 남자, 바로 정형외과 의사인 인혜의 아빠 김 원장이었다.

인혜는 맹탐정의 친구다. 인혜는 작년에 엄마, 아빠가 이혼을 하면서 누구와 함께 살지 고민했었다. 자신의 진짜 마음을 모르겠으니 자아를 찾아서 물어보기 위해 고군분투했고, 결과적으로 인혜는 엄마를 따라 미국으로 떠나지 않고 이곳에 남기로 했다.

김 원장은 빌라 안으로 들어갔다.

바로 삼단논법에 들어갔다. 빌라 2층에는 아무도 살지 않는다. 왜냐? 아무리 코로나 시국이어도 누군가 이사 왔으면 맹탐정이 모를 리가 없으니까. 두 사람은 남들의 눈을 피해 빈집에서 만나는 중이다. 그렇다! 미숙 씨의 연애 상대는 인혜 아빠였던 것이다!

둘 다 이혼을 했으니 법적으로는 전혀 문제가 없다. 그런데 어째서 거북한 것일까? 아마 한 번도 상상해 본 적 없는 조합이어서 그럴 것이다. 낯선 것은 거부감을 일으키니까. 집으로 가는 내내 상상하다 보니 둘이 꽤 잘 어울린다는 생각이 들었고, 이내 거북하지 않았다.

인혜와 영은 언니에게 말할 생각을 하니 머리가 지끈거렸지만, 용우가 감탄할 생각을 하니 기분이 좋았다. 용우는 이제 맹탐정을 존경하게 될 것이다.

초딩들은 한꺼번에 몰려왔다 한꺼번에 사라진다. 이건 법칙이다.

"이제야 살 것 같네."

초딩들이 썰물처럼 빠져나가자 아빠가 말했다.

"냉면 먹으러 갈래?"

시계를 보니 저녁 일곱 시 반이 막 지나고 있었다. 미숙 씨를 미행하느라 저녁도 먹지 못했다. 미숙 씨의 손에 들린 마들렌이 얼마나 먹고 싶었는지 모른다. 냉면 먹고 오는 길에 마들렌도 세 개 사 와야지. 아빠는 에어컨을 끄고 커튼을 쳤다.

"컴퓨터 좀 꺼 줄래?"

맹탐정은 창가 쪽에 있는 컴퓨터 자리로 갔다. 블로그가 띄워져 있었다.

철없는 어린 왕자

딱 봐도 아빠가 운영하는 블로그였다.

철이 들지 않았고... 하루키와 김연수를... 좋아하고... 늘... 감사하는 마음으로... 살고... 있습니다... 평생... 철들지 않기를... 소망합니다...

만약 맹탐정이 뭔가를 찾다가 이런 블로그를 발견했다면 조금의 망설임도 없이 꺼 버렸을 것이다. 아빠의 이웃 목록을 보니 대다수가 '...'을 써 가며 자기소개를 하고 있었다. 혹시 암호일까? 아빠 동년배들 사이에 유행하는 암호라서 내가 모르는 것일까? 생각해 보니 엄마도 문자를 보낼 때면 '승지야~~ 빨래 좀 걷어 줘~~'라고 하거나 'present라는 영어 단어에는 현재와 선물이라는 두 가지 뜻이 있습니다. 세상에서 가장 소중한 선물은 과거도 미래도 아닌 현재입니다.'라는 글이 박힌 꽃 사진을 보낸다. 어른들에겐 어른들만의 암호가 있다. 그리고 될 수 있으면 그 암호를 모르고 사는 게 행복한 것이다.

"껐어? 나가자."

아빠가 서점 유리문 앞에서 손짓을 했다. 컴퓨터를 서둘러 끄고 아빠를 따라나섰다.

둘이 도착한 곳은 평양냉면집이었다. 맹탐정은 만둣국을 주문했다. 평양냉면은 몇 번이나 먹어 봤지만 적응이 되지 않는다. 무슨 맛인지 도저히 모르겠다.

"한번 먹어 보라니까."

"세 번 먹어 봤다니까."

"평양냉면이야말로 진정한 냉면이라니까."

맹탐정이 고개를 들었다.

"아빠, 나는 평양냉면 정말 싫어."

"아니, 나도 처음에는 그랬어. 근데 계속 먹다 보니 세상에 이렇게 깊이 있는 음식이 없다니까."

내가 더 이상 말이 없자 아빠는 냉면 그릇을 들어 천천히 국물을 마셨다. 그러고는 살짝 눈을 감고 면을 씹으며 음 소리를 냈다.

"아빠, 나는 그렇게 생각해. 함흥냉면을 좋아하면 그냥 함흥냉면을 좋아하는 사람이고 평양냉면을 좋아하면 평양냉면을 좋아하는 사람이라고."

"그래도 나는 평양냉면이야말로 진정한 냉면이라고 생각해."

"평양냉면만 진정한 냉면이라고 하는 건 너무 편협한 거 아니야? 함흥냉면 입장에서 생각해 봐. 얼마나 억울하겠어."

그러거나 말거나 아빠는 열심히 냉면만 먹었다. 소 귀에 경 읽기였다. '내가 제일 좋아하는 음식'은 존재해도 '진정한 음식'은 존재하지 않는다. 채식하는 사람에게 최고의 소고기를 준다고 생각해 보자. 반대로 고기만 좋아하는 사람에게 정말 맛있는 샐러드를 준다면? 아빠는 이런 폭넓고 유연한 생각은 해 본 적이 없을 것이다.

잠들기 전 인터넷에 아빠 블로그를 검색했다. 스댕에 담긴 평양냉면이 초점이 나간 채 찍혀 있었다. 단무지를 집는 맹탐정의 손도 살짝 보였다.

오늘 평양… 냉면을… 먹었습니다… 딸애는 아직… 이… 맛을… 모르네요… 조금 더… 크면… 알게… 되겠죠…

한밤중이 아니었다면 소리를 질렀을 것이다. 아빠는 '답정너'라는 말은 알까? 딱 아빠를 위해 태어난 말 같았다. 답은 정해져 있어, 너는 대답만 해. 갑자기 엄마가 너무 보고 싶었다. 너무 늦어서 받지 않을 거라고 생각했는데 신호가 세 번 가기도 전에 전화를 받았다.

"무슨 일 있어?"

엄마의 목소리가 다급했다. 밤 열한 시. 이 시간에 엄마에게 전화가 왔다면 맹탐정도 많이 놀랐을 것이다.

"아니, 그냥. 목소리 듣고 싶어서."

휴 하는 한숨 소리가 들려왔다.

"엄마 언제 와?"

"푹 쉬다 오라며?"

"이 정도면 푹 쉬지 않았어?"

"왜? 할머니가 밥 안 차려 줘? 네 아빠는?"

"아니, 그게 아니라. 엄마! 왜 아빠 같은 사람이랑 결혼했어?"

"몰라서 했지. 알고 했겠어? 왜?"

"엄마가 아빠한테 왜 그렇게 짜증을 내는지 이제 알 것 같아."

차암, 하는 소리가 들려왔다. 목소리가 가벼웠다. 전화기 너머에서 웃고 있는 엄마의 모습이 상상됐다.

"평양냉면만이 진정한 냉면이래."

"그런다니까. 앞뒤가 꽉 막혔어."

"철이 안 든 것 같아."

"철이 안 들고 싶어 하지. 철들면 책임져야 할 게 많으니까."

엄마의 목소리가 잠잠했다.

"엄마, 보고 싶어."

"갈게, 나도 가고 싶었어."

"근데 왜 안 와?"

"불러야 가지."

"안 불러도 올 수 있잖아. 엄마가 더 쉬고 싶어 할까 봐, 일부러 말 안 했어."

침묵이 흘렀다. 더 빨리 말할 걸 그랬다는 생각이 들었다. 보고 싶다고, 엄마가 필요하다고. 15년을 같이 살았어도 속마음을 내보이는 건 어렵다.

"잘게."

전화를 끊고 침대에 다시 누웠다. 어떤 부부는 단 한 번의 싸움으로 이혼을 하고, 어떤 부부는 매일 싸우면서도 꾸역꾸역 같이 산다. 엄마는 아빠를 사랑할까? 아빠는 엄마를? 사랑은 뭘까. 나는 결혼을 하게 될까? 미숙 씨와 김 원장을 떠올렸다. 이혼을 하고 다시 연애를 한다는 건 사랑을 믿는다는 거겠지? 엄마와 아빠가 만약 이혼을 한다면, 그래서 누군가를 만나 다시 결혼을 한다면 나는 받아들일 수 있을까?

맹탐정의 머릿속에 인혜와 영은 언니가 떠올랐다. 처음엔 받아들일 수 있을 거라고 생각했는데, 자신의 일이라고 상상하자 쉽지 않았다. 남의 일은 참 쉽구나. 내일 인혜와 영은 언니를 볼 생각을 하자 가슴이 진정되지 않았다.

말해야지, 말해야지 하는데 자꾸 흔들렸다. 미루다 보니 다시 수요일이 되었다.

-아직도야? 그냥 용우한테 부탁할까? 누가 그러던데. 용우도 탐정 일 한다고.

영은 언니의 메시지를 받자마자 의지가 불끈 솟았다. 영은 언니가 상처받을까 봐 망설였던 건데 이렇게 나오면 배려해 줄 필요가 없다는 생각이 들었다.

영은 언니에게,

-용우가요? 걔가 저랑 비교가 되겠어요? 이따 다섯 시까지 우리 카페로 오세요. 조금 놀랄 수도 있으니까 마음먹고 오세요.

이어 인혜에게,

-인혜야, 오랜만이야. 네가 보고 싶기도 하고 할 말도 있으니까 오후 다섯 시까지 우리 카페로 와 줘. 조금 놀랄 수도 있으니까 마음의 준비 하고. 커피는 내가 쏠게.

이어 용우에게,

-너 혹시 요즘에 나 몰래 따로 탐정 일 하는 건 아니지? 탐정 일이란 게 어떻게 보면 대단해 보이고 어떻게 보면 창피한 일이라는 거 잘 알아. 그래서 나도 누가 탐정이라고 부르면 부끄러워서 주위를 돌아보게 돼. 그렇지만 아무나 할 수 있는 일은 아니야. 이번에 내가 밝혀낸 사실을 알게 되면, 너도 나를 좀 다르게 보게 될 거야. 오후 다섯 시까지 카페로 와라.

셋에게 톡을 보내고 온라인 수업을 듣기 시작했다.

학교에서도 안 듣던 수업을 집에서 혼자 들으려니 자꾸 잠이 몰려왔다. 내일부터 열심히 하면 되지, 뭐. 내일이 있다는 게 이렇게 좋은 일인지 미처 몰랐다. 내일이 되면 또 다른 내일이 있으니까.

다섯 시가 되자 영은 언니와 용우가 왔다. 완희 오빠가 입시에 관련된 포트폴리오 때문에 정주시에 가는 바람에 오늘은 할머니가 카페에 나왔다. 할머니는 언니가 산이군에 온 이후로 얼굴색이 좋아졌다. 게다가 오메가스리니 비타민이니 좋다는 건 다 먹으니 점점 더 건강해지는 듯했다.

할머니는 자신의 건강을 열심히 지키고 즐겁게 산다. 맹탐정은 그런 할머니가 좋았다. 할머니처럼 늙고 싶었다. 자식만을 위해 희생하는 삶은 상상만 해도 숨이 막힌다. 할머니도 이제야 알았다고 했다. 아빠가 돌아온 뒤 할머니는 자식 때문에 전전긍긍하는 삶을 버리고 자신을 위해 살고, 엄마는 제주도로 긴 여행을 떠났다. 아빠가 돌아온 게 엄마와 할머니에겐 어떤 의미였을까? 아빠에게는 어떤 의미이고.

"인혜가 오면 얘기할게요. 다 있을 때."

맹탐정은 그렇게 말하고 입을 꾹 다물었다. 용우가 삐딱하게 앉아 있었다. 심통이 잔뜩 난 표정인데, 왜 났는지 알 수 없었다.

"너 화났어?"

용우가 고개를 돌렸다. 맹탐정도 마음이 상해 팔짱을 낀 채 인혜가 오기만을 기다렸다. 30분쯤 지났을까. 인혜가 헐레벌떡 뛰어 들어왔다.

"어디서 오는 거야?"

"아빠가 갑자기 병원으로 마카롱 좀 사다 달래서 심부름하느라고. 웬만하면 무시하려고 했는데 무려 용돈 5만 원을 준다는 거야."

"그거 영은 언니네 엄마 주려는 거야!"

맹탐정이 소리쳤다. 동시에 영은 언니, 용우, 할머니의 시선이 맹탐정의 입으로 모였다. 인혜가 뒤늦게 "뭐? 뭐라고?" 되물었다.

맹탐정은 손님들에게 고개를 숙여 양해를 구한 후에 인혜와 영은 언니, 용우에게 그동안 알아낸 사실을 말했다. 영은 언니는 몹시 당황한 듯 "어어, 정말? 진짜야? 정확히 봤어?"라고 몇 번이나 되물었고 인혜는 의외로 명랑하게 "그렇구나!" 하고 말았다.

"난 아빠가 연애 좀 했으면 좋겠다고 생각했어. 나도 곧 떠날 텐데 혼자 있으면 외롭잖아."

"너, 떠나?"

인혜가 고개를 끄덕였다.

"미국으로 가기로 했어. 아빠는 처음엔 알겠다더니 코로나 터지고는 가지 말라더라고. 그래도 갈 거야. 가고 싶어졌어."

"바다, 맞지?"

인혜가 고개를 끄덕였다. 영은 언니와 용우는 무슨 말인지 모른다는 표정이었다. 당연하다. 인혜와 단둘이 했던 말이니까. 맹탐정은 자아를 찾아 달라던 인혜에게 자아는 바다 같은 거라고 말했다. 바다가 시시각각 변하는 것처럼 인혜의 마음도 변할 수 있다고 말이다. 여기 남겠다던 인혜는 1년 조금 지나 엄마가 있는 낯선 곳으로 떠나겠다고 한다.

우리는 모두 변한다. 극적으로 변할 때도 있고 아무도 눈치 못 챌 정도로 느리게 변할 때도 있다. 가끔은 나쁜 방향으로 변하기도 하지만, 멀리서 보면 나쁜 방향이 좋은 방향이고, 좋은 방향인 줄 알았는데 나쁜 방향일 수도 있다. 사람의 마음처럼, 인생도 모르는 거니까.

"근데 나는, 뭐랄까, 기분이 좀 그래. 어릴 때부터 그 병원 다녔어서, 인혜네 엄마가 거기서 간호사로 일할 때부터 봐 왔거든."

인혜와 영은 언니의 반응이 다른 이유를 알 것 같았다. 인혜는 미숙 씨가 이미 싱글일 때 만났는데, 영은 언니는 김 원장이 이혼하기 전부터 봐서 그렇다. 작년에 이혼을 했다고 해도 영은 언니에게 김 원장은 유부남으로 보이는 것이다. 영은 언니가 복잡한 표정으로 창밖을 바라봤다.

"근데 너는 표정이 왜 그래?"

맹탐정이 용우를 향해 말했다.

"내 표정? 내 표정이 뭐? 너는 네 일에 상관하지 말라더니, 너는 왜 내 표정까지 상관하는데? 너도 내 일에 상관하지 마."

"뭐?"

맹탐정이 되묻자 용우가 뭔가를 더 말하려다가 입을 다물었다.

"둘이 오늘도 만날까?"

영은 언니가 말했다. 오늘은 수요일! 게다가 김 원장은 미숙 씨와 먹을 마카롱까지 준비했다. 시계를 보니 여섯 시 사십 분이었다.

"가 보자. 눈으로 확인할래. 내 눈으로 직접 봐야 믿을 수 있을 것 같아."

영은 언니의 말에 인혜가 고개를 끄덕이더니 “맞아요, 가 봐요. 저도 둘이 같이 있는 모습 보고 싶어요.”라고 했다.

다 같이 카페를 나와 장미빌라로 향했다. 혹시 둘이 키스를 하고 있으면 어떡하지? 갑자기 걱정되기 시작했다. 에이, 문을 따고 들어가는 것도 아니고 먼저 초인종을 누를 테니 괜찮지 않을까? 키스를 하다가 황급히 중단하는 둘의 모습을 상상했다. 엄마와 아빠가 키스하는 모습을 상상하는 것만큼 싫었다. 차라리 둘이 치고받고 싸우는 게 나았다. 엄마와 아빠가 키스라니. 아아악. 전쟁이다.

“언니!”

영은 언니가 소리를 질렀다. 영은 언니가 바라보는 쪽을 보니 저 멀리서 승옥 언니가 뛰어오고 있었다. 승옥 언니가 맹탐정 쪽으로 가까이 와서 거친 숨을 내쉬었다.

“어디 가?”

“늦었어. 이따 얘기하자.”

승옥 언니는 맹탐정을 앞질러 다시 뛰어가기 시작했다.

언니가 정주시에서 온 후에 몸을 이렇게 활발하게 움직이는 건 처음이었다. 언니는 거의 매일 집에만 있었다. 잔뜩 웅크린 채 온라인 수업을 듣고 밥을 먹었다. 정주시에 혼자 있을 때보단 좋아졌다고는 하지만, 뭐랄까 생기 같은 게 없었다. 그런 언니가 있는 힘을 다해 뛰어가는 모습을 보자 왠지 모르게 울컥했다.

"야, 얼른 가자."

인혜가 서둘렀다. 맹탐정은 인혜 뒤를 좇아갔다.

"누나도 저쪽으로 가네."

용우의 말이었다. 뭐에 삐졌는지는 모르겠지만, 아직도 화가 안 풀렸는지 맹탐정 쪽은 보지도 않고 말했다.

"그러네."

맹탐정도 용우 쪽은 보지도 않은 채 말했다. 영은 언니는 계속 심각한 표정이었다. 승옥 언니는 장미빌라 쪽으로 갔다. 장미빌라 근처에 볼일이 있나? 생각했는데 입구로 들어갔다. 설마 하는 마음으로 맹탐정과 친구들도 안으로 들어갔다. 그리고 2층에 다다랐을 때쯤 201호 앞에 서 있는 승옥 언니와 다시 마주쳤다. 언니는 초인종을 누르고 있었다.

"언니?"

"너네도 초대받았어?"

"무슨 초대?"

그때 철제 현관문이 열리고 미숙 씨가 나왔다. 미숙 씨는 하늘색 원피스를 입고 있었다. 하늘색 원피스 곳곳에 하얀 뭉게구름이 그려져 있었다. 무지개도. 미숙 씨는 대체 어디서 옷을 사는 것일까. 그곳만은 피하기 위해 꼭 알고 싶었다.

"왜? 옷이 맘에 드니?"

미숙 씨가 맹탐정에게 말했다. 맹탐정은 가까스로 정신을 차리고 현관을 봤다. 신발이 많았다. 슬쩍 안을 보자 거실이 보였다.

"아빠?"

인혜가 현관문을 활짝 열고 안으로 들어갔다.

"엄마?"

이번엔 영은 언니가 말했다.

"지금 뭐 하세요?"

맹탐정이 물었다.

"그러는 너희는?"

미숙 씨가 되물었다. 거실에는 미숙 씨와 아저씨 말고도 두 명의 사람이 더 있었다. 한 명은 남편과 함께 정육점을 운영하는 고 사장이었고 나머지 한 사람은 모르는 사람이었다.

미숙 씨가 "우선 다들 들어와."라고 했다. 인혜는 이미 들어가 있었다.

탁자 위에는 콜드브루 커피 병과 마카롱, 참외와 토마토가 있었다. 그리고 노트와 A4용지, 볼펜과 연필, 지우개 등이 놓여 있었다.

"라이팅 클럽이야."

미숙 씨가 입을 열었다.

“일주일에 한 번씩 만나서 서로의 글을 공유해. 사는 이야기도 하고.”

주제는 따로 없고 각자가 쓰고 싶은 걸 써서 한 명씩 발표한다. 에세이를 쓰는 사람도 있고 시를 쓰는 사람도 있다. 시작은 201호에 사는 명해 씨였다고 한다. 명해 씨는 미숙 씨의 초등학교 중학교 후배라고 했다. 산이군은 학생 수가 적어 초등학교와 중학교 건물이 앞뒤로 있다. 나이 차가 있어도 친하게 지냈는데 미숙 씨가 고등학교를 정주시로 가면서 연락이 끊겼다.

그러다 우체국에 온 명해 씨의 조부모님을 통해 명해 씨가 산이군에 돌아왔다는 소식을 알게 됐다. 명해 씨가 집 밖을 잘 나오지 않는다는 사실과 함께……. 명해 씨는 타지에서 직장 생활을 하며 어떤 일을 겪었고 그로 인해 트라우마가 생겼다고 했다.

미숙 씨는 명해 씨를 도와주고 싶었다. 처음에는 조심스레 찾아가 커피 한잔 마시고 오는 게 전부였는데 시간이 지나면서 명해 씨가 학창시절 백일장을 휩쓸고 다니고, 남들 앞에서 당당히 작가가 꿈이라고 했던 게 떠올랐다고 했다. 우리 글쓰기 모임 만들까? 미숙 씨의 제안에 명해 씨는 고개를 갸우뚱하면서도 싫다고는 하지 않았다. 처음에는 미숙 씨만 쓰고, 미숙 씨 글만 읽다가, 어느 순간 명해 씨도 글을 쓰기 시작했다.

미숙 씨는 글을 통해 명해 씨가 왜 밖으로 나오려 하지 않는지 알아내려고 했는데 글을 쓰다 보니 되려 자신의 마음이 치유됐다. 충만함을 느꼈다. 살아 있는 기분이었다. 계속 쓰고 싶었다. 그러는 동안 다섯 평 원룸에 갇혀 있던 미숙 씨의 마음이 서서히 넓어졌다. 신기한 일이었다. 고등학교 시절 혼자 지냈던 원룸은 떠올릴 때마다 몸서리쳐지게 아팠다. 그래서 애써 외면했다. 그런데 외면하지 않고 직시하자, 다섯 평 원룸이 열 평 원룸이 됐다가 열다섯 평 원룸이 됐다.

괴롭지만은 않았다는 생각, 그곳에서 좋은 일도 있었다는 자각이 들었고 슬픔과 외로움만 있던 공간이 기쁨과 충만함도 있던 공간으로 변화했다. 더불어 영은 언니가 내년에 정주시로 나가더라도, 잘 이겨 낼 수 있을 거라는 긍정적인 마음이 생겼다. 글쓰기 덕분이었다. 혹시 마음이 괴로운 사람이 있다면 추천해 주고 싶었다. 명해 씨에게 다른 사람이 들어와도 괜찮은지 물었더니 싫다는 말은 하지 않았다. 명해 씨도 마음의 빗장을 풀 준비를 하는 중이었다.

미숙 씨는 무릎 관절 때문에 병원에 갔다가 이혼으로 힘들어하던 김 원장을 초대했고, 김 원장은 정육점에 고기를 사러 갔다가 불면증에 시달린다는 고 사장을 초대했다. 글이란 매개가 아니었으면 서로 만나지 못했을, 전혀 다른 사람들이 모인 것이다.

간식은 각자 먹고 싶은 걸 준비했고, 글에 대한 비평은 하지 않았다. 오로지 공감만 할 뿐이었다. 그러다 보니 명해 씨가 왜 집에 틀어박혀 나오지 않는지 알게 됐고, 고 사장이 조금의 망설임도 없이 모임에 나오게 된 이유를 알게 됐다. 말하고 싶은 만큼 말하고, 말하기 싫은 부분에 대해서는 말하지 않기. 무언의 규칙이었다.

"근데 너희 왜 왔니?"

미숙 씨가 갑자기 생각났다는 듯이 묻고는 "승옥이 따라왔니?"라고 재차 물었다. 승옥 언니가 고개를 저었다. 영은 언니의 얼굴이 시뻘겋게 달아올랐다. 인혜가 피식 웃고는 맹탐정을 보면서 "얘가 아빠랑 아줌마랑 연애한다잖아요. 그래서 와 봤죠."라고 했다.

"뭐?"

미숙 씨랑 김 원장이 눈빛을 교환하고는 피식 웃었다.

"너, 설마 나 미행했니?"

미숙 씨가 말했다. 맹탐정은 고개를 끄덕였다.

"왜?"

"영은 언니가 의뢰했어요."

미숙 씨가 고개를 절레절레 흔들었다. 긴장해 있던 언니의 표정이 서서히 풀리면서 "그래도 다행이다."라고 했다.

"뭐가?"

"난 정말 엄마랑 아저씨랑 사귀는 줄 알았어. 진짜 다행."

영은 언니가 다행이라고 하는데 김 원장의 표정이 미묘하게 바뀌었다.

"내가 뭐? 내가 어때서?"

그 순간 김 원장의 얼굴이 아빠의 모습과 겹쳐 보였다.

"아빠! 거울을 좀 봐!"

인혜가 따끔하게 한마디 했다. 아빠들은 왜 다 저 모양일까. 자신이 기본은 된다고 생각하는 것 같다. 맹탐정이 인혜에게 공감의 눈빛을 보냈다. 말하지 않아도 서로의 마음을 알 수 있었다.

미숙 씨가 마카롱을 하나씩 나눠 줬다. 입에서 살살 녹았다.

"이왕 온 거 듣고 갈래?"

미숙 씨가 그렇게 말하고는 힐끗 명해 씨 쪽을 바라봤다. 명해 씨는 거실 커튼 앞에 앉아 있었다. 좀 전의 이야기에 따르면 명해 씨는 외부와 단절된 삶을 살다가 이제 조금씩 소통을 시작하는 단계였다. 바로 이 라이팅 클럽을 통해. 그러나 미숙 씨나 김 원장, 고 사장과는 달리 우리는 느닷없이 들이닥친 불청객이나 다름없다. 미숙 씨도 방금 그 생각을 한 것일 테다.

"사실 나는 내가 쓴 글을 누가 들어 주는 게 좋아. 그래서 제안한 건데 사려 깊지를 못했네."

미숙 씨가 바로 해명했다. 명해 씨가 싫다는 표시도 좋다는 표시도 하지 않았다.

“괜찮아?”

미숙 씨가 명해 씨의 팔을 살짝 잡으며 물었다. 명해 씨는 잠시 생각하다가 말했다.

“……모르겠어요. 근데 처음에 언니가 찾아왔을 때도, 글을 쓰자고 했을 때도, 내가 용기 내서 다시 글을 썼을 때도, 의사 선생님이 오셨을 때도, 여사님이 오셨을 때도, 다 몰랐거든요. 이렇게 마음을 열고 모임을 지속할지요. 그러니까 지금도 모르겠어요.”

명해 씨는 목소리도 작고 몸짓도 작은데, 이상하게 사람을 주목시키는 매력이 있었다. 맹탐정과 용우, 인혜와 영은 언니까지 모두 홀린 듯 명해 씨를 바라보고 있었다.

“승옥이는? 괜찮지?”

미숙 씨가 이번에는 승옥 언니에게 물었다. 맹탐정이 고개를 돌리자 승옥 언니가 반 접은 A4용지를 만지작거리고 있었다. 미숙 씨나 아저씨 이야기는 별로 궁금하지 않았지만 승옥 언니 이야기는 궁금했다. 승옥 언니도 고개를 끄덕이고 다들 자리를 잡았다. 원 모양이 되었다.

미숙 씨가 편지를 꺼냈다.

“저는 딸에게 보내는 편지 형식으로 글을 써 왔어요. 다들 알고 계시겠지만, 저는 처음부터 지금까지 늘 이런 형식으로 글을 써 오고 있어요."

흠흠, 미숙 씨가 목을 가다듬었다.

내 배 속으로 낳았다고 해서 내가 아닌 걸, 내가 낳은 내 딸이지만 타인이라는 걸 나는 자주 잊는다. 지금도 종종 너를 보낼 수 없을 것만 같은 생각에 숨이 막히곤 한다. 그럴 땐 자는 너를 깨워서 널 보낼 자신이 없다고 말하고 싶은 걸 간신히 참는단다. 그러나 너는 내가 아니고, 나는 네가 아니다. 아무리 부모라도 자식의 인생을 대신 살아 줄 수는 없는 법. 나는 다시 눈을 감는다. 다섯 평 원룸에서 고등학생인 내가 스스로 걸어 나온다. 이런 글을 쓰다 보면 정말 내가 그곳을 빠져나온 기분이 든다.

미숙 씨가 편지지를 내려놓고 영은 언니를 바라봤다. 언니는 입을 꾹 다물고만 있었다. 미숙 씨가 이번엔 승옥 언니에게 눈짓을 했다. 언니는 워드로 작업한 걸 인쇄해 왔다.

"근데…… 아줌마가 좀 읽어 주시면 안 돼요?"

언니가 A4용지를 아줌마에게 내밀었다. 아줌마가 고개를 끄덕이면서 "얼마든지."라고 말했다. 드라마에서 보던 장면 같았다. 미숙 씨도 필시 얼마든지, 라고 말하면서 자신이 좀 쿨하고 멋지다고 느꼈을 것이다. 뭐, 그게 이상하다거나 나쁘다는 게 아니라 우리는 언제나 연기를 하며 산다는 걸 다시금 깨달았다. 우리는 심지어 우리 자신도 속인다. 무서우면서도 스스로를 향해 하나도 무섭지 않다고 말한다.

지금 언니가 그렇다. 언니는 사람들에게 자신의 마음을 들키는 게 무섭다. 하지만 한편으로 자신의 마음을 타인이 알아줬으면 하는 바람이 가장 내밀한 곳에 숨어 있을 것이다. 맹탐정이 잘 아는 마음이었다. 늘 남들에게 멋지게 보이길 바라지만, 가장 간절히 원하는 건 이해받는 것이다. 한 사람에게라도 온전히.

처음 아줌마가 모임에 나오라고 했을 땐 싫다고 했어요. 그럼 자신의 마음을 혼자서라도 써 보라는 말에 컴퓨터 앞에 앉았어요. 근데 저는 제 마음을 진짜 모르겠어요. 다 싫어요. 아무것도 하기 싫고 아무도 만나고 싶지 않고. 내일 아침에 눈이 안 떠졌으면 좋겠어요.

맹탐정은 미숙 씨가 왜 언니의 핸드폰 번호를 물었는지 알게 되었다. 미숙 씨는 언니가 겪고 있는 마음의 질곡을 알고 있었던 것이다.

작년에는 집과 학교를 오가며 정신이 없었다면 올해 들어서는 개학이 자꾸 미뤄지면서 계속 혼자 집에 있었어요. 처음엔 좋았어요. 공부 안 해도 되니까. 그런데 언제까지일지도 모른 채 계속 혼자 있다 보니 내가 살아 있는 게 맞는 걸까? 하는 생각까지 들더라고요. 사람이 그리웠어요. 근데 또 만나기는 싫었어요. 사람은 사람 없이는 살 수 없는 걸까요?

언니의 글은 질문으로 끝났다. 사람은 사람 없이 살 수 없을까? 맹탐정도 궁금했다. 그러나 아무도 답변하지 않았다. 그저 들어주기만 할 뿐.

맹탐정은 항상 자신이 누구인지 궁금했다. 아빠가 자아를 찾으러 떠났다는 이야기를 들었을 때부터였을 것이다. 아빠가 돌아오고 나서는 자아보다는 타인에게 관심을 갖게 됐다. 아빠와의 관계가 삐그덕거려서일 것이다. 아빠가 돌아오자 그리움은 분노로 바뀌었다. 엄마는 분노를 참지 못하고 제주도로 떠났고 할머니는 밖으로 돌았다. 맹탐정은 아빠에게 사사건건 가시 돋친 말을 하게 됐다. 차라리 그리울 때가 나았다는 생각이 들기도 했다.

사람과 사람이 만나면, 변화가 생긴다. 서로가 서로를 변화시키니까. 써니와 고라니 오빠처럼 뜨겁게 사랑하다 한쪽의 마음이 식으면서 서로의 마음에 상처를 낼 때도 있다. 차라리 사랑을 하지 않았다면 마음의 상처도 없었겠지? 그런데도 우리는 사람을 그리워하고 사랑을 한다. 사람은 사람 없이 살 수 없을까?

"신기해요. 제가 썼지만 아줌마가 읽어 주니까 제가 쓴 글 같지가 않아요. 내가 이런 생각을 했었구나, 지금 깨달았어요. 저는 좀 외로웠던 것 같아요."

언니가 미숙 씨에게 종이를 돌려받았다. 언니는 앞으로도 이 모임에 참여할까? 그랬으면 좋겠다고 생각했다.

"사람은 사람 없이 살 수 있어요?"

맹탐정이 물었다. 그렇다고 하는 사람도, 그렇지 않다고 하는 사람도 없었다.

"그런 말 있지 않아?"

인혜가 입을 열었다.

"왜 사람은 혼자 있으면 외롭고, 같이 있으면 빡치는가!"

"빡친다가 뭐야, 너는."

김 원장이 말하자 인혜가 작은 목소리로 "꼰대."라고 했다. 맹탐정이 "우리 아빠랑 너네 아빠랑 똑 닮은 것 같아."라고 인혜에게 속닥였다.

"근데 왜 아빠는 안 읽어?"

인혜의 말에 김 원장이 흠흠 목소리를 가다듬었다.

"선생님은 시를 쓰셔."

미숙 씨가 끼어들었다.

"시?"

전혀 궁금하지 않았다. 제발 읽지 말았으면 좋겠다고 생각했다.

"듣고 싶어?"

"괜찮아요. 시간도 너무 늦었고……."

아빠한테 하는 것처럼 직설적으로 말할 수 없어 조금 돌려 말했다.

"아빠, 괜찮아. 생각해 보니 배고프네."

인혜도 거들었다.

"하긴, 나도 꼬르륵 소리 난다."

이건 영은 언니의 말.

"아, 아니야. 모처럼 청중이 늘었는데 내가 빠질 수는 없지. 피자 시켜. 내가 쏠게."

김 원장이 말했다. 좀 전에 헛기침을 하던 모습과는 전혀 달랐다. 아무리 말려도 낭독하고야 말겠다는 결기가 느껴졌다.

여름과 마스크와 하루키와 달리기

시의 제목을 듣자마자 깨달았다. 예상이 맞았다는 걸. 절대 듣지 말아야 한다는 걸. 그러나 김 원장은 누가 말리기라도 할까 봐 빠르게 시를 읽어 나갔다.

입이 없나요?

아니요, 입은 있어요

마스크를 써야겠어요
코로나는 찾아왔지만,
여름도 찾아왔지요

코로나가 무작정 돌격했지만,
내 사랑도 돌격하지요

하루키는 달리고,
제 마음도 달려요

철들고 싶지 않아요
철없이 살래요
어른이 되지 않겠어요
순수하게 살고 싶어요

김 원장이 순수하게 살고 싶어요, 라고 말한 뒤 청중들을 살폈다. 맹탐정은 아, 하고 낮은 한숨을 내쉬었다. 옆에 앉은 영은 언니의 입에서도 인혜의 입에서도 승옥 언니의 입에서도 마찬가지로 한숨이 흘러나왔다. 비슷한 순간에 오, 하는 감탄사가 들려왔다.

미숙 씨였다.

이건 사랑이다! 진정한 사랑이다! 사랑이 아니라면 저 시에 감탄할 수 없다. 저건 시가 아니다. 아무리 시에 대한 감상이 사람마다 다를 수 있다고 하더라도, 아닌 건 아닌 거다.

맹탐정은 그간 갈고닦은 실력으로 단숨에 알아챘다. 헛발질했지만 결과적으로 헛발질이 아니었던 셈이다. 맹탐정은 도도한 눈빛으로 용우를 쳐다봤다. 맹탐정이 보여 주고 싶었던 게 이런 거다. 멋지게 사건을 해결해서 용우의 존경을 얻는 것! 그런데 용우의 표정이 심상치 않다.

"부끄럽습니다."

김 원장이 머리를 긁적였다.

"아빠, 정말 부끄럽긴 하다."

인혜가 말하는데 "더 나아지셨는데요, 뭘."이라고 미숙 씨가 끼어들었다.

"실력이 미천합니다."

"무슨 말씀이세요. 등단하셔도 되겠어요. 출판사에 투고해 보시는 거 어떠세요?"

"엄마! 그만 놀려!"

영은 언니가 말했다. 언니, 놀리는 거 아니에요. 저도 놀리는 거였으면 좋겠어요. 맹탐정이 속으로 생각했다.

"요즘 애들은 시를 몰라요."

"애들이 다 그렇죠, 뭐."

둘은 쿵짝이 정말 잘 맞았다. 고개를 돌리다 몸을 들썩이며 웃고 있는 명해 씨와 눈이 마주쳤다. 편안해 보였다. 이 모임이 명해 씨에게 얼마나 큰 힘이 되는지 알 것 같았다.

"저, 해 볼게요. 하고 싶어요."

명해 씨가 입을 떼자 왁자지껄한 분위기가 차분해졌다. 다들 명해 씨의 말을 경청했다. 명해 씨가 말하면서 스스로 얻는 자유로움도 있지만, 사람들의 이런 태도로 인해 치유받기도 할 것이다.

오늘은 산이군으로 내려오기로 마음먹은 날에 대해 써 보고 싶어요. 저는 고등학교를 졸업하고 산이군을 떠나면서 다시는 돌아오지 않겠다고 다짐했어요. 아시는 분도 있고 모르시는 분도 있겠지만, 저는 조부모님 손에 컸어요. 지금 이 집도 조부모님 집이죠. 저에게 참 잘해 주셨지만 도움을 받는다는 생각이 컸어요. 보통은 엄마 아빠가 해 준 밥을 먹으면서 도움을 받는다고 생각하지는 않잖아요. 근데 할머니가 차려 주신 밥을 먹을 때면 늘 죄송했어요. 나 때문에 고생한다는 생각에……. 그래서 다시는 돌아오지 않겠다고 다짐했는데 그런 일을 겪고 나니 의지할 곳은 조부모님밖에 없더라고요. 할머니에게 전화를 걸어서 아무 말도 없이 흐느꼈더니 오라고 하셨어요. 무슨 일이 있는지 묻지도 않고요. 그날로 그냥 왔어요. 버스에 '산이군'이라고 적혀 있는 글자를 보는데, 인생이 실패했다는 생각을 지울 수가 없더라고요. 왜 실패했지? 자꾸 돌아봤는데 이유를 알 수 없었어요. 그 생각을 하느라 집에 갇혀 있었어요.

명해 씨의 목소리가 떨렸다. 한편으로 맹탐정은 당황스러웠다. 이 정도로 내밀한 이야기일 줄은 몰랐다.

같은 생각이 계속 머릿속에 맴돌았어요. 어디서부터 잘못된 거지? 그날 그 거리를 지난 게 잘못일까? 여자를 노린 범죄니까 내가 여자로 태어난 게 잘못인 걸까? 아니, 그날 약속을 잡은 게 잘못일까?

그러나 라이팅 클럽에 참여하면서 다른 사람들의 이야기를 듣다 보니 인간은 누구나 상처를 가지고 살아간다는 걸 깨달았어요. 물론 상처의 깊이도 모양도 제각각이지만, 나만 가진 게 아니니까, 다들 상처를 가지고도 잘 살고 있으니까, 나도 잘 살아갈 수 있지 않을까 생각했어요.

어릴 땐 성공하고 싶었어요. 작가로든 스포츠로든 사업으로든, 수단은 중요하지 않고 뭐로든 성공만 하고 싶었어요. 그런데 지금은 성공이나 실패, 그런 막연한 것보다 오늘 하루 안전하게 보내고 싶어요. 그리고 매일 기쁜 일이 하나 정도는 있는 삶을 살고 싶어요. 사소한 기쁨이라도. 지금처럼요.

명해 씨가 노트를 내려놓고 커피를 한 모금 마셨다. 다들 고개를 끄덕일 뿐 다른 말은 하지 않았다. 용기는 용기를 내서 한 행동의 결과 때문이 아니라 용기를 내기까지의 결심 때문에 많은 것을 변화시킨다.

준비한 마카롱과 커피도 거의 동이 났다.

"다 끝난 거예요?"

인혜가 물었다. 고 사장이 "나는 오늘 바빠서 못 써 왔어."라고 했다.

"청중이 이렇게 많을 줄 알았으면 멋지게 써 오는 건데. 다음에 또 놀러 와."

인혜와 맹탐정이 고개를 끄덕였다.

인혜가 자리에서 일어서며 김 원장에게 "가자." 하고 말했다. 김 원장은 꿈쩍도 하지 않았다.

"엄마, 가자!"

영은 언니가 말했지만 미숙 씨도 못 들은 척했다. 결국 나중에 들어갔던 다섯 명만 나왔다. 나오기 전, 맹탐정이 명해 씨를 향해 말했다.

"저희 카페에 놀러 오세요. 아예 다음번 모임을 저희 카페에서 하는 건 어때요?"

명해 씨가 씩 웃었다.

"사실 커피가 엄청 맛있진 않은데, 싸요. 마카롱도 대량으로 떼

오는 거라 직접 만드는 거에 비하면 맛있진 않은데, 싸요."

말하다 보니 싼 것밖에 장점이 없었다. 괜히 말했다. 언제나 어떤 상황에서나 입 다물고 있는 게 최선이다.

이 모임의 이름은 '수요일의 라이팅 클럽'이라고 했다. 자신의 마음을 글로 쓰며 치유하는 모임. 맹탐정도 맹탐정 노트에 자신의 마음을 적다 보면 엉킨 마음이 풀어질 때가 있다. 글쓰기는 자신에게 다가가는 방법으로 꽤 괜찮은 방법이 아닐까? 맹탐정은 라이팅 클럽을 마음으로 응원했다.

장미빌라 앞에서 영은 언니와 인혜, 용우와 헤어졌다. 승옥 언니와 나란히 집으로 걸어갔다.

"언니, 그냥 다시 전학 오는 건 어때?"

맹탐정이 오랫동안 속으로 삼켰던 말을 내뱉었다.

"그냥 우리랑 같이 살자. 너무 외로우면 견디지 않아도 돼."

"실패하는 거잖아. 아빠처럼……."

"아빠는 실패해서 저렇게 된 게 아니라 실패를 인정하지 못해서 저렇게 된 것 같은데?"

언니가 피식 웃었다.

"언니, 그리고 아까 사람은 사람 없이 살 수 있는지 물었잖아. 나는 그럴 수 없다고 생각해. 나는 오랫동안 내가 누구인지 궁금했어. 근데 이제는 내가 누구인지보다 내가 누굴 만나게 될지가 더 궁금해. 우리는 사람 없이는 살 수 없어."

"너 어른스러워졌다?"

언니가 웃으며 말했다.

"한 살 더 먹었으니까. 언니! 나이가 들면 철이 들어야 하고, 어른이 되면 어른다워져야 하는 거 아니야? 우리 아빠나 아저씨나 다들 왜 그러는지 모르겠어."

"용우 아니야?"

집으로 갔다고 생각한 용우가 카페 앞에 서 있었다.

"나 들어가 볼게."

언니가 먼저 올라가자 용우가 맹탐정 쪽으로 걸어왔다.

"왜?"

"넌 날 뭐라고 생각해?"

용우가 정색하고 물었다.

"생각 안 해 봤는데. 왜?"

"난 널 친구라고 생각해."

맹탐정은 고개를 갸우뚱했다. 새삼 그걸 왜 말하는 걸까?

"넌 날 친구로 생각 안 하는 것 같아."

"그럼?"

"나는 네가 편해. 예전에는 어딜 가나 불청객 같고, 내가 있을 곳이 아닌 것 같았어. 근데 너랑 있으면 그런 생각이 안 들어. 내가 나인 것 같아. 근데 너는 왜 그래?"

"내가? 내가 뭘?"

"자꾸 따돌리잖아. 연락도 잘 안 받고."

"내가?"

그러다 일련의 일들이 떠올랐다.

"……따돌린다고 생각한 거야?"

헛웃음이 나왔다.

"실은 이번 사건 멋지게 해결해서 너한테 짠 하고 보여 주고 싶었어. 내가 얼마나 이 일에 진심인지!"

"단지 그뿐이야? 내가 싫은 게 아니라?"

"뭐? 내가 왜? 너 단단히 착각하나 본데 굳이 네가 싫을 정도로 너한테 관심이 많지 않거든?"

마지막 말은 농담이었는데 괜히 했다 싶었다. 농담이야, 라고 하려는데 용우의 눈시울이 붉었다.

우린 서로를 오해하고 있었다. 용우는 맹탐정이 자신을 따돌린다고 생각했고, 맹탐정은 용우가 자신을 무시한다고 생각했다. 말하지 않으니 몰랐던 것이다. 아는 애에서 마음을 나누는 친구가 된다는 건, 저절로 되는 일이 아니다. 속 끓이고 오해하고 싸우고 삐졌다가도 서로를 잃고 싶진 않아 다시 용기를 내 마음을 들여다보는 과정을 통해 얻어지는 것이다.

"오, 둘이 사귀어?"

카페 쪽으로 걸어오던 완희 오빠가 큰 캔버스와 종이 봉투를 달랑거리며 물었다.

"아니요!"

맹탐정이 소리 질렀다.

"아니에요, 정말! 절대! 네버! 저 그렇게 눈 안 낮아요."

용우가 피식 웃고는 "저도 마찬가지예요."라고 했다.

"빵 먹을래? 유명한 빵집에서 사 왔어. 내일 아침에 사장님 드시게 놓고 가려고 했는데, 바로 먹는 게 더 맛있거든."

용우가 맹탐정의 어깨를 툭 치고는 "연락 씹지 마."라고 하고는 집 방향으로 걸어갔다. 완희 오빠가 오해할까 봐 걱정됐다. 연락 씹지 말라니!

"제가 화나는 일이 있어서 몇 번 연락 무시했더니 저러는 거예요. 절대 사귀는 거 아니에요."

"둘이 잘 어울려."

"아니라고요!"

"뭐 어때?"

뭐 어때? 뭐 어떠냐니? 맹탐정은 그 말에 시무룩해졌다. 자신이 용우와 사귀든 말든 전혀 상관이 없다는 뜻일까? 그렇다면 더 이상 부인할 필요도 없다.

영업 시간이 지나 손님이 다 빠져나간 카페에서 완희 오빠와 단둘이 앉아 단팥빵을 먹었다. 맛은 있었지만, 로맨틱하지는 않았다. 우유에 단팥빵이라니. 80년대도 아니고. 엄마 아빠도 우유에 단팥빵 먹으며 데이트하지는 않았을 것이다.

"저건 뭐예요?"

맹탐정이 완희 오빠가 들고 온 캔버스를 가리켰다.

"포트폴리오. 대학 가려고."

"그림 그리는 게 좋아요?"

완희 오빠가 고개를 끄덕였다.

오빠가 그림을 그리는 모습을 실제로 보면 어떤 느낌일까? 그거야말로 그림 같은 절경일 것 같았다. 그런데 가만 보니 빵 봉투가 두 개였다. 애초에 맹탐정 걸 따로 포장해 온 것이다.

"근데 빵 봉투가 두 개네요. 하나는 제 거, 하나는 할머니 거예요? 제 걸 왜 따로 챙긴 거예요?"

"그냥. 맛있다니까, 먹어 보라고."

맹탐정이 불쑥 물었다.

"저 좋아하세요?"

완희 오빠가 고개를 저었다.

"아니, 나 좋아하는 사람 있어. 미술학원 같이 다니는 앤데……."

맹탐정이 귀를 막았다.

"더 이상 말하지 마세요! 절대!"

듣지 않는다고 오빠의 마음이 변하는 것도 아닐 텐데, 들으면 돌이킬 수 없을 거라는 생각이 들었다.

침묵이 길어지자 완희 오빠가 마지막 남은 단팥빵 한 조각을 맹탐정 앞에 놓아 주었다. 맹탐정은 마음속으로 울면서 단팥빵을 씹어 먹었다. 고소했다.

아아, 이렇게 다정한데.

왜 오빠 마음은 내 마음과 다를까? 왜 다른 사람의 마음은 내 마음대로 할 수 없는 걸까? 맹탐정은 완희 오빠의 속마음을 돋보기로 들여다보고 싶었다.

"아! 깜짝이야!"

완희 오빠가 갑자기 소리를 지르더니 곧 휴 하고 안도의 숨을 내쉬었다. 완희 오빠가 보는 쪽을 봤다가 맹탐정도 심장마비가 올 뻔했다. 카페 유리창에 머리통 두 개가 바짝 붙어 둥둥 떠 있었기 때문이다.

"뭐야, 재네."

인혜와 영은 언니였다.

"간 떨어질 뻔했네. 얼른 가 봐."

오빠가 쓰레기를 치우며 말했다. 오빠가 누군가를 좋아하고 있다는, 알고 싶지 않은 정보만 얻었다. 내가 좋아하는 사람도 타인일 뿐일까? 사랑은 둘이 하나가 되는 거라고 생각해 왔는데, 그렇다면 영영 사랑 같은 걸 할 수 없을 거라는 생각이 들었다. 타인이 내가 될 수는 없는 거니까.

그렇다면 사랑이란 무엇일까?

맹탐정은 자신이 완희 오빠를 좋아하는 이유를 떠올렸다.

오빠가 오빠라서 좋았다.

아마, 사랑은 그런 것인가 보다.

셋은 자연스럽게 바닷가 산책로로 향했다. 맹탐정은 바닷가 산책로가 좋았다. 차분히 대화해야 할 일이 있을 땐 늘 이 길을 걷는다.

"미술관 티켓 주려고. 언니랑 같이 준비했어. 네가 용우한테 미술관 한 번도 안 가 봤다고 가 보고 싶다고 했다며?"

인혜가 말했다. 누가 용우에게 조용하다고 했는가. 과묵한 척하지만 맹탐정이 한 말을 마치 확성기에다 대고 방송하듯 여기저기 옮기고 다닌다. 다행인 건, 맹탐정이 제발 남에게 전해 줬으면 하는 말만 옮긴다는 것이다.

"그건 맞는데, 이번엔 받기 좀 그래. 해결 못 해 줬잖아."

"아니, 둘이 만나는 거 맞아."

영은 언니가 말을 이어받았다.

"아까 집으로 돌아가는 길에 인혜한테 말했더니 인혜도 눈치챘다더라."

"시 때문에?"

둘 다 고개를 끄덕였다. 역시 그랬다. 사랑이 아니라면 도저히 잘 썼다고 해 줄 수 없는 시. 미숙 씨는 심지어 등단까지 권했다. 그건 정말 찐사랑이었다.

"아빠가 아줌마랑 만나는 건 괜찮은데, 좀 이해가 안 가는 게 있어."

인혜가 말했다.

"뭐가?"

"아니, 엄마랑 헤어질 때 아빠가 분명 그랬거든. 지긋지긋하다고. 그런데 1년도 안 돼서 연애를 하다니."

"네가 예전에 나한테 자아 찾아 달라고 했던 거 기억나?"

인혜가 고개를 끄덕였다.

"그때 내가 너한테 자아는 바다와 같아서, 어둑어둑한 날의 바다도 햇빛이 쨍쨍 내리쬐는 날의 바다도 모두 바다인 것처럼 자아도 그렇다고 했잖아. 그때는 어둠이나 햇볕이 과연 무엇일지 잘 몰랐는데, 이제 알 것 같아."

"뭔데?"

"사람."

셋은 벤치 앞에 나란히 서서 바다를 바라봤다.

"우리는 혼자 사는 게 아니잖아. 그래서 매일 다른 사람들의 영향을 받아. 좋은 사람을 만날 때도 있고 나쁜 사람을 만날 때도 있어. 좋은 사람인 줄 알고 만났는데 나쁜 사람일 때도 있고, 정 반대일 때도 있고. 그러니까 폭풍우를 만날 때도 있고 햇볕을 만날 때도 있는 거야."

맹탐정은 자신이 어렴풋하게 느끼고 있던 걸 구체적인 언어로 풀어냈다. 말하다 보니 정말 그런 것 같았다.

"아무도 만나지 않으면 다치지도 않겠지만, 그럴 수는 없잖아."

맹탐정은 승옥 언니를 떠올렸다. 승옥 언니는 아무도 만나지 않으니 무인도에 혼자 고립된 것처럼 느껴졌다고 했다. 산이군에 돌아와 사람들과 만나면서 조금씩 회복되고 있다. 명해 씨도 생각났다. 사람이 무서워 집에 숨어들었는데, 이제는 집으로 사람을 부른다. 사람은 사람 없이는 살 수 없는 걸까? 사람에게 상처를 받으면서도 사람을 그리워하게 되어 있는 걸까?

"언니, 괜찮아요?"

맹탐정이 묻자 영은 언니가 고개를 끄덕이며 "충격은 충격으로 상쇄된다고, 시 낭독 들으면서 많이 차분해졌어."라고 했다.

입이 없나요? 철없이 살래요. 순수하게 살고 싶어요.

맹탐정의 귀에 시구가 윙윙거렸다. 한번 듣고 나면 절대 잊을 수 없는 시였다. 설마 아저씨는 천재 시인인 걸까? 이상의 시도 이렇게 한 번에 외우지는 못할 것이다.

"너는?"

"아까 말한 것처럼 이해가 안 될 뿐이지, 연애를 하면 좋지."

말은 그렇게 했지만 인혜의 속이 마냥 편하지는 않을 것이다. 그러나 아빠도, 타인이다. 타인의 마음까지 조종할 수는 없다. 하긴, 우리는 우리 마음조차 마음대로 하지 못한다. 마음이란 건, 참 어렵구나. 평생 이 마음과 함께할 생각을 하니 숨이 막혔다. 마음 때문에 아픈 일이 많을 거라는 예감이 들었다.

우리 셋은 벤치에 오랫동안 앉아 있다 헤어졌다. 각자 자신의 인생을 견디는 중이었다.

견딜 때가 대부분인 인생이지만 오늘은 아니다! 오늘은 오랫동안 기다려 온 날이자 인생을 즐기는 날이다. 완희 오빠와 호크니전에 가기로 했다. 티켓이 있다는 말을 자연스럽게 슬쩍 흘렸는데 오빠가 "어, 나도 가려고 했는데."라고 했다.

"마침 두 장이에요. 정말 신기하다. 용우야, 신기하지 않니?"

"어, 나도 정말정말 신기하다."

용우가 발연기하는 배우처럼 말했다.

"용우도 가고 싶은 거야? 둘이 갈래?"

"얘 그림 정말 싫어해요. 미술 수업이 제일 싫다고, 세상에서 사라졌으면 좋겠다고 했어요. 맞지?"

용우가 고개를 세차게 끄덕였다.

"정말 그림이 왜 세상에 필요한지 모르겠어. 그림 같은 건 사라졌으면 좋겠어."

"야, 그 말은 너무 심하다. 난 유명한 일러스트레이터 되는 게 꿈인데."

"형, 제 말은 그뜻이 아니라……."

상황은 늘 꼬인다.

"알아, 농담인 거. 나도 농담이야. 이번 주 토요일에 같이 가자."

완희 오빠가 어깨를 으쓱했다. 상황은 늘 꼬이지만 꼬인 건 풀면 된다. 안 풀리면 가위로 싹둑 자르면 되고! 그래서 오늘 오빠와 정주시로 가기로 했다. 아침부터 일찍 일어나서 전날 준비해 둔 옷을 입고 살짝 화장을 했다.

솔직히 말하자면 설레기보다는 걱정됐다. 실수하고 망쳐 버릴 것 같은 예감이 들었다. 맹탐정은 타고나길 미래를 크게 걱정하는 성격이 아니다. 심지어 시험 성적조차 걱정하지 않는다(걱정하는 척은 많이 하는데 안 그러면 사람들이 이상하게 보기 때문이다). 될 대로 되겠지, 늘 그렇게 생각하며 살아왔다. 이런 성격의 장점은 말 그대로 걱정이 없다는 거고, 단점 또한 걱정이 없다는 거다. 걱정이 세상에 존재하는 이유는 걱정을 해서 미래에 일어날 불행이나 사고를 막기 위해서인데, 걱정을 하지 않으니 늘 사고가 우당탕 터진다.

근데 이상하게 어젯밤부터 잠이 오지 않았다. 괜찮아, 잘할 수 있어. 스스로를 다독였지만, 당연히 진정되지 않았다. 맹탐정은 남의 말도 안 듣지만 자기 말을 특히 안 듣는다.

5센티 정도 굽이 있는 초록색 샌들을 신었다. 새로 산 샌들이라 새끼발가락이 눌렸다. 맹탐정은 발볼이 넓은 편이라 신발을 사면 길들기 전에 항상 고생을 했다.

터미널에 도착하니 완희 오빠가 와 있었다. 오빠는 회색 반팔 티에 청바지를 입고 있었다. 오빠가 손을 살짝 흔들었다. 갑자기 속이 울렁였다. 체한 것과는 달랐다. 통통배에 탄 것만 같았다. 흔들리는 바다 위도 아닌데 왜 멀미가 나는지.

"먹을래?"

버스에 타서 자리에 앉자마자 오빠가 포테이토칩을 내밀었다. 맹탐정은 고개를 저었다.

"괜찮아?"

맹탐정이 말이 없자 오빠가 물었다. 맹탐정은 고개를 끄덕이고 눈을 감았다. 오늘을 망치면 안 돼. 옆에서 오빠가 과자를 먹는 소리가 들렸다. 같은 소리가 같은 간격으로 반복되자 마음이 조금 안정됐다.

"어제 잠 못 잤어?"

오빠가 맹탐정의 팔을 툭 쳤다.

맹탐정이 화들짝 놀라서 눈을 떴다. 습관적으로 입에 손을 가져갔더니 침이 뚝뚝 떨어지고 있었다.

"시험공부 하느라고요."

"시험 끝나지 않았어?"

"미래를 대비해야죠."

사실은 오늘 데이트가 걱정돼서 못 잤다는 말은 할 수 없었다.

맹탐정이 먼저 버스에서 내리자 오빠가 따라왔다. 미술관은 터미널에서 가까워 걸어가기로 했다. 오빠가 터미널 커피숍에서 아이스커피를 사 줬다. 둘은 아이스커피를 쪽쪽 빨며 걸었다.

"너는 뭐가 되고 싶어?"

오빠가 물었다. 사람들은 맹탐정이 늘 경찰이나 탐정이 되고 싶어 할 거라고 지레짐작해서 이런 질문을 하지 않는다. 맹탐정은 말문이 막혔다.

"잘 모르겠어요. 돈은 많이 벌고 싶어요. 할머니처럼요."

"할머니가 부자셔? 하긴 카페 건물이 할머니 거라고 했지?"

"엄마랑 공동명의라고 했는데 잘은 몰라요. 그것보다 할머니는 먹고 싶은 거, 사고 싶은 거 다 사시거든요."

"그럼 부자 맞네."

한 발짝 정도 앞서서 걷던 오빠가 멈춰서 맹탐정을 보고 씩 웃었다. 나란히 걷다 보니 다리가 나왔다. 한 사람 정도만 갈 수 있을 정도로 좁았다. 다시 오빠가 앞장섰다.

"오빠가 지난번에 그림 그릴 때면 진짜 나를 만나는 기분이라고 했던 거 기억나요?"

손님이 다 간 카페에서 함께 단팥빵을 먹으며 그림에 대해 이야기했던 장면이 떠올랐다. 오빠가 그날 입고 있던 티셔츠와 환한 카페와 어둑했던 밖의 대비, 그날의 특별했던 공기가 선명하게 떠올랐다.

"정확히는 기억 안 나는데, 아마 그런 식으로 말했을 거야. 왜냐하면 정말 그렇거든."

"오빠한테 그 얘기 듣고 나서 가끔씩 그 말이 떠올랐어요. 얼마 전에 국어 시간에 글짓기 수업이 있었는데 선생님이 어떤 설정을 정해 주면 그에 맞춰서 이야기를 지어내는 거였어요. 배경은 조선 시대이고 하인이 주인의 돈을 훔쳐 달아나는 설정이었는데 저는 하인이 도망치다가 누군가와 부딪치는데 하필이면 그 사람이 주인의 친구였다, 라는 이야기를 썼어요. 다들 억지스럽다고 웃더라고요."

오빠가 휙 뒤돌았다.

너무 가까웠다. 맹탐정은 숨을 들이마셨다.

"아닌데? 하인은 주인집에서 나오는 길이었고, 친구는 주인집으로 가는 길이었으니까 마주칠 수 있지. 상당히 개연성 있어."

오빠가 그렇게 말하고는 다시 돌아서서 걸었다. 맹탐정은 오빠를 졸졸 따라갔다. 옆으로는 차가 쌩쌩 달렸다.

"그래요? 암튼 근데 그 글을 쓰는데 너무 재밌는 거예요. 말로 설명할 수는 없지만, 정말 너무너무 재밌었어요. 그리고 집에 왔는데 이야기를 만들 때 느꼈던 즐거움이 사라지지 않는 거예요. 그 기쁨이요. 그때 오빠 생각이 났어요. 오빠가 그림 그릴 때 이런 기분인 걸까? 하고요."

오빠가 뒤돌아 맹탐정을 봤다.

"맞아. 그 기쁨이 사라지지 않고 마음속에 남아서 나를 놓아주지 않아. 있잖아, 어떤 경험은 하고 나면 그 전으로 다시는 돌아갈 수 없거든."

"그럼 그림 그릴 때 늘 즐거워요?"

"당연히 아니지. 근데 내가 원하는 걸 구현했을 때의 기쁨을 아니까 쉽게 포기할 수 없는 거지. 조금만 더 하면 될 것 같거든. 그게 사람을 미치게 하는 것 같아."

오빠가 빙그레 웃으며 다시 걸어갔다.

맹탐정은 마음이 슬퍼졌다.

오빠를 알아 갈수록 오빠를 좋아하지 않기 힘들었다. 어젯밤부터 느낀 두려움의 실체가 뭔지 어렴풋이 알 것 같았다. 사람이든, 그림이든, 글이든 뭔가를 많이 좋아한다는 건 그것으로부터 배반당할 수 있다는 두려움까지 끌어안는 것이다.

예전엔 좋아한다고 고백했는데 싫다고 하면 두말하지 않고 돌아섰다. 구질구질한 게 싫었으니까. 그런데 이제는 그럴 수 없을 것 같았다. 오빠에게 고백했는데 오빠가 싫다고 하면 세상이 무너지는 기분일 것 같았다.

"드디어 도착!"

오빠의 말에 고개를 들었다. 호크니전을 알리는 플래카드가 펄럭이고 있었다.

전시회를 감상하고 집으로 돌아오는 버스 안에서 맹탐정은 다시 잠에 빠져들었다. 종일 나대던 심장이 이제야 좀 잠잠해졌다. 먼 훗날 누군가 맹탐정에게 첫 데이트에 대해 묻는다면 스물아홉 번의 연애를 뒤로한 채 이날을 떠올릴 것이다.

"도착했어."

오빠의 말에 잠에서 깨어 잠결에 벗어 놓은 샌들을 다시 신으려고 하는데, "아악!" 맹탐정의 입에서 짧은 비명이 흘러나왔다.

"왜 그래?"

맹탐정의 새끼발가락이 퉁퉁 부어 있었다. 샌들을 신고 걸을 때는 감각이 무뎌져 아픈지도 몰랐는데, 쉬는 동안 감각이 되살아난 것이다.

"아니, 아니에요."

입술을 꽉 깨물고 샌들을 다시 신었다. 오빠가 집까지 데려다준다고 했지만 아빠가 데리러 오기로 했다고 거짓말을 했다. 오빠가 아빠가 올 때까지 같이 기다려 준다고 했지만 고개를 저었다. 오빠의 뒷모습이 사라지고 난 후에야 터미널 옆에 있는 문구점에서 평소 신던 사이즈보다 큰 슬리퍼를 샀다.

큰 슬리퍼를 질질 끌고 집으로 돌아가면서, 오빠와 나눴던 대화를 떠올리며 혼자 히죽 웃다가 새끼발가락이 슬리퍼의 고무 부분에 스치면 다시 악 소리를 질렀다가 다시 혼자 히죽 웃었다가 오빠가 자신을 거절하는 상상을 하며 다시 슬퍼했다가 내일 오빠와 다시 만나는 상상을 하며 기뻐했다.

감정이 미친 듯이 널뛰었다. 이런 게 사랑이라면 사랑에 빠진 이들이 제정신이 아닌 게 이해가 갔다.

-집에 도착하면 문자 줘.

완희 오빠였다. 마치 오빠에게 사랑 고백을 받은 것처럼 기뻤다. 맹탐정은 네, 그럴게요, 넹넹, 오키오키 등을 썼다 지우다가 알앗서료, 라고 답장을 보냈다. 오타예요, 하고 다시 보낸 후에 알았어요, 라고 보내려고 했거든요, 라고 또 보냈다가 도배 죄송해요, 라고 보냈다가 암튼 도착하면 문자 보낼게요라고 다시 보내다가 이건 좀 아닌 것 같아 메시지 창을 닫아 버렸다.

아무튼, 피곤하고 설레는 하루였다.

## 마음대로 안 되는 게 마음

서점 문을 여니 퀴퀴한 냄새가 코를 찔렀다. 책 냄새는 먼지 냄새와 비슷하다. 아빠가 서점에서 뭐 좀 가져다 달라고 해서 아침 먹자마자 내려온 참이었다.

아빠는 어린 왕자's Pick 앞에 있는 탁자에 가 보라고 했다.

테이블에 책이 한 권 놓여 있었다. 『자기 앞의 생』.

사람은 사람 없이 살 수 있는지 물었지? 이 책에선 사람은 사랑 없이 살 수 있는지 물어. 너는 어떻게 생각하니? 아빠는 사람은 사랑 없이는 아무것도 아닌 것 같아.

아빠의 선물이었다. 아빠는 책도 많이 읽고 아는 게 많은데 왜 그렇게 살까? 할머니는 초등학교밖에 나오지 않았다는 게 떠올랐다. 삶을 잘 살아내는 것도 재능이라는 생각도. 근데, 제목이 자기 앞의 생이라니.

뭐 당연한 말을 굳이 하고 있지? 차라리 강아지 앞의 생이나 초콜릿 앞의 생 같은 제목이 더 낫지 않을까? 아이스커피 앞의 생이나 염통 앞의 생도 좋다. 모두들 자신이 좋아하는 것들 앞에 자신의 생을 놓고 살 자격은 된다고 본다. 15년 살아 보니, 아침에 눈뜨고 살아가는 것 자체가 박수받을 만한 일이다.

"에미 비행기표 끊어 놨다고 하더라."

"들었어요."

책을 들고 집에 들어서는 맹탐정에게 할머니가 말했다.

"책 읽으려고? 나도 미스 마플 책이나 읽어야겠다."

"다 읽은 거 아니에요?"

"나이 들어서 좋은 점은 재밌게 읽었던 추리소설을 또 재밌게 읽을 수 있다는 거야. 금방 까먹거든."

할머니가 속삭이듯 말해서 인생의 비밀을 알게 된 기분이 들었다. 하지만 조금만 더 깊이 생각해 보면 그냥 기억력이 안 좋다는 말과 다름없었다.

"할머니, 지금 가서 몰래 가져오세요. 아빠 화장실에 있으니까."

맹탐정은 윙크를 했다. 오랜만에 할머니에게 효도하는 기분이었다.

"뭔 말이야! 아무리 아들 가게라도 그러면 안 되지! 너도 인생 그렇게 살지 마. 그건 도둑질이야!"

농담이었어요, 라고 말할 틈도 없이 할머니가 집을 나섰다. 아빠가 화장실에서 나오며 쯧쯧 혀를 찼다. 다 들은 모양이었다. 뒤통수 맞은 기분이었지만 남이 때린 게 아니라 스스로 때린 거에 가까워서, 하소연도 하지 못했다.

물 한 잔을 들이켜고 온라인 수업을 듣고 있자니, 이게 일상이라는 생각이 들었다. 느닷없이 코로나 바이러스가 창궐하면서 여태껏 맹탐정이 일상이라고 알고 있던 세계가 무너졌다. 집 앞에 나가는데도 마스크를 써야 했고 이모 삼촌들도 만나지 못했다. 처음엔 어떻게 이렇게 살지 싶었는데, 온라인 수업을 듣고 마스크를 쓰고 다니다 보니 또 이 생활에 익숙해졌다. 전쟁이 일상인 아프리카 내전 국가들이 떠올랐다. 선생님이 수업 시간에 사진을 보여준 적이 있었다. 사진 속 사람들은 밖에서 폭탄이 터지는데도 살기 위해 밥을 먹고 있었다. 일상이란 무엇일까.

-의뢰할 일이 있어. 연애 상담인데, 괜찮아?

초연이에게서 문자가 왔다.

-왜 산이군에는 추리소설에 나오는 살인이나 강도, 도둑질 같은 사건은 일어나지 않을까?

-살인사건 발생하면 네가 아니라 경찰서를 찾아가겠지.

친구에게 하소연을 하며 원하는 건 공감이지 팩트가 아니다.

-공짜는 안 돼.

-알아. 근데 의사 쌤이랑 영은 언니네 엄마랑 사귀는 거 진짜야?

정말 좁다, 좁아! 얼른 이 좁은 마을을 떠나야지! 산이군엔 비밀이 없다.

-모든 의뢰는 비밀이야.

-네가 해결한 건 맞아?

-그건 맞아!

맹탐정이 바로 대답했다. 이제야 산이군 사람들에게 맹탐정의 추리 실력이 그 진가를 드러내려는 터였다.

-그럼 사귀는 것도 진짜인가 보네.

-아, 아니.

맹탐정은 휴 한숨을 내쉬었다.

카페에 갔더니 완희 오빠가 커피를 내리고 있었다. 어느 순간부터 커피 내리는 모습이 자연스러워졌다. 뜨거운 카페라테 위에 우유 거품으로 하트를 그려 내는 솜씨도 일품이다. 초연이는 아이스커피를, 맹탐정은 뜨거운 카페라테를 시켰다.

"이렇게 더운데?"

하트를 받고 싶어서, 라고는 차마 말하지 못했다.

"난 이열치열 스타일이거든."

저런 애에게 일을 맡겨도 될까 하는 의문의 표정이 스치듯 떠올랐다. 자주 보던 표정이므로 괜찮았다. 그런데 초연이의 의뢰를 듣고 나자 괜찮지 않아졌다.

"말이 돼?"

"왜 안 돼?"

초연이의 의뢰는 그거다. 중현이가 자신을 좋아하게 해 달라는 것! 초연이가 중현이를 좋아하는 건 산이중학교 2학년이라면 누구나 알고 있었다. 아니, 1학년도 3학년도 알고 있을 것이다. 자신이 누굴 좋아하는지 극구 숨기는 애가 있다면(맹탐정은 이 생각을 하다 흠흠 목을 가다듬었다) 자기가 누굴 좋아하는지 확성기를 들고 소리치고 다니는 사람도 있다. 전자가 암살자 같은 스타일이라면 후자는 로커 스타일이었다.

"그걸 내가 어떻게 해?"

그게 가능했다면 고라니 오빠의 떠난 마음을 붙잡아 써니에게 가져다줬을 것이다. 완희 오빠의 마음도 물론.

"탐정이 뭐야? 상대의 심리를 꿰뚫어 보는 사람 아니야? 탐정이라면 남의 마음도 움직일 수 있어야지."

맹탐정이 목을 움츠리며 "탐정이란 말 할 때 목소리 좀 낮춰."

라고 했다.

"왜? 창피해? 탐정을 탐정이라고 하는데 뭐가 창피해? 자신감을 가져! 난 네가 탐정이라 참 좋아!"

완희 오빠가 쟁반을 든 채 이쪽을 보고 있었다. 카페 안의 다른 손님들도 모두. 대각선 방향에 앉은 중년의 아주머니가 "한창 탐정 좋아할 나이지."라고 했다. 세상에 한창 탐정 좋아할 나이 따위는 없다. 탐정을 좋아하는 사람과 좋아하지 않는 사람만 있을 뿐. 맹탐정은 부끄러움을 떨치고 자신감을 갖고 말했다.

"세상에, 자길 탐정이라고 하는 사람이 있다고?"

좋았어! 아주 자연스러운 모습이었다.

"암튼, 내 칭찬 좀 많이 해 주고 매력 어필 부탁해!"

초연이가 윙크를 하고는 완희 오빠가 아직 내려놓지도 않은 아이스커피를 챙겨 들고서 문으로 향했다. 동시에 용우가 들어왔다.

"안녕!"

초연이가 인사하자 용우가 씨익 웃었다. 남들이 보는 용우는 과묵하고 남을 잘 도와주고, 누가 봐도 이상한 맹탐정과 잘 지내는 비위 좋은 아이였다. 그러나 맹탐정은 용우의 진짜 모습을 알고 있었다.

"너 착한 척 쩐다."

"왜 또 시비야. 초연이 왜 왔어?"

"중현이가 자기를 좋아하게 만들어 달래."

"그걸 왜 너한테?"

"내 말이."

맹탐정이 고개를 절레절레 흔드는데 메시지가 연달아 왔다. 확인해 보니 초연이의 셀카였다. 고개를 45도 각도로 꺾고 찍은 사진이나 입술을 오므린 채 눈을 동그랗게 뜬 사진들이었다. 모든 사진이 보기 힘들었지만, 윙크 사진은 도저히 봐 줄 수가 없었다.

"탐정이 이런 거냐?"

맹탐정이 푸념하며 묻자 용우가 "탐정은 뭔가를 찾아 주는 사람이니까 중현이 마음을 찾아 주는 것도 탐정 일이라고 할 수 있지."라고 말했다.

"차라리 자아를 찾아 주는 게 쉬웠던 것 같아. 그건 그냥 찾았다고 우기면 그만인데, 이건 확인이 가능하잖아."

뭔가 말이 안 된다고 생각하면서도 맹탐정은 중현이에게 메시지를 보냈다. 중현이는 수학 학원이라고 했다. 1층 분식집 앞에서 기다린다고 했더니 네가 쏘는 거냐고 물었다. 초연이는 중현이 같은 애를 왜 좋아하는지 모르겠다. 하긴, 초연이도 모를 거다.

"영은이 일은 잘 해결됐어?"

완희 오빠가 용우가 주문한 아이스커피를 가져다주며 물었다. 오빠는 데이트 이후에도 평소와 똑같이 맹탐정을 대한다. 마치 아무 일이 없었다는 듯이. 둘 사이에 뭔가가 오갔다고 느낀 건 나만의 착각이었을까? 그럼 나의 잃어버린 새끼발가락은 어디에서 보상받을 수 있을까?

"소문 못 들었어요?"

"뭔 소문?"

"카페에서 일하다 보면 자연스레 알게 될 거예요. 알고 싶지 않아도요."

맹탐정과 용우가 커피를 들고 카페를 나섰다.

수학 학원 앞에서 기다리고 있으니 중현이가 나왔다. 5분 기다렸지만 한참을 기다린 것처럼 땀이 났다. 이렇게 더우면 어떻게 살라는 걸까? 초등학교 때 분명 우리나라는 사계절이 뚜렷한 게 장점이라고 배웠는데, 정말 장점일까?

"내 거야?"

중현이가 맹탐정이 한 잔 더 준비해 온 아이스커피를 뺏어 들고 쪽쪽 빨아 마셨다.

그래, 안다. 사람마다 보는 눈이 다르다는 거. 그래도 정말 초연이를 이해할 수 없다. 얼굴도 별로지만, 다른 건 더 별로다. 조심성 없는 태도, 자신이 귀여운 줄 아는 착각 등…….

"난 그렇게 생각해."

"뭘? 넌 그렇게 뜬구름 좀 잡지 마."

중현이가 중얼거렸다.

"나는 요새 우리 반에서, 아니 우리 학교에서 초연이가 제일 예쁜 것 같아."

"뜬금없이?"

맹탐정이 용우를 향해 눈짓을 보내며 "그렇지 않아? 객관적으로만 따져서."라고 했다. 용우는 먼 산을 바라봤다. 도움이 안 된다, 정말.

"근데 왜 보자고 했어?"

중현이가 아이스커피를 다 빨아 먹고 뚜껑을 열어 얼음을 입에 쏟아 넣었다.

"커피 주려고."

"왜?"

"그냥. 더우니까!"

맹탐정은 자포자기의 마음이었다. 탐정 일에 가장 중요한 건 열정인데, 그런 게 하나도 생기지 않았다. 예전 용우 사건 때처럼 그냥 다 될 대로 되었으면 싶었다.

"초연이가 너 좋아하는 거 알지?"

중현이가 피식 웃었다.

"우리 집 꼬미도 알걸?"

"꼬미가 뭐야? 설마 강아지 이름?"

맹탐정이 경악스러운 표정을 지었다. 중현이가 당당하게 고개를 끄덕였다. 어쩜 저렇게 센스도 엉망일까? 좋아하지 않을 이유가 하나 더 늘었다.

"암튼 초연이가 나한테……."

용우가 맹탐정을 툭 치고는 고개를 저었다. 맹탐정이 입 모양으로 "왜?"라고 물었다. 용우가 손가락으로 엑스 표를 만들었다. 절대 말하지 말라는 뜻이었다.

"3,500원."

"뭐?"

"아이스커피값."

"공짜 아니야?"

"세상에 공짜가 어딨어!"

"세상에 이런 게 어딨어? 어? 너 이제 보니 탐정이 아니라 약장사다, 약장사."

맹탐정은 중현이의 등을 탁 치며 "내일 갚아." 하고는 반대편으로 걸어갔다. 뒤에서 저걸 진짜 친구만 아니었으면, 하는 말이 들려왔다. 자주 듣는 말이었다. 같은 동네에 살지만 않았으면, 엄마가 아는 애만 아니었으면 같은 말들. 그러나 어쩌겠나. 맹탐정과 같은 동네에 태어난 건 그들의 팔자인 것을.

"왜 말렸어?"

"역효과야. 만약에 중현이가 너한테 와서 누가 맹승지가 자길 좋아하게 해 달라고 했다고 하면 어떻겠냐? 나 같으면 너무 무서울 것 같아."

"그런가?"

맹탐정은 나지막이 덧붙였다.

"너무 귀찮아. 아무것도 하고 싶지 않아. 하루 종일 잠만 자고 싶어. 더워서 그런가?"

"그건 나도 그래."

용우와 터벅터벅 걸어가다가 어느 시점에서 인사도 없이 헤어졌다. 흡사 가족 같은 이 느낌은 뭐지.

맹탐정은 집에 가는 대신 카페에 들어갔다. 하루에 최소 두세 번은 들락거리는 것 같다. 완희 오빠가 아르바이트를 시작한 후 매출이 많이 올랐는데, 맹탐정도 일조를 했다. 카페 문을 열자마자 살 것 같았다. 혹시 이 모든 무기력의 원인이 단순히 더위 때문이었을까?

손님이 많아 테이크아웃해서 위로 올라가려는데 "잠깐." 하고 완희 오빠가 불렀다. 맹탐정이 고개를 돌리자 완희 오빠가 뭔가를 내밀었다.

"이거."

쇼핑백이었다.

"너 마스크 깜빡할 때 종종 있잖아."

완희 오빠는 왜 이다지도 다정할까……. 혹시 나를 좋아하는 게 아닐까? 생각하다가도 이런 기대감이 상처로 되돌아올 것 같아 두려워졌다.

"마스크 많아요."

"마스크 아니라 마스크 스트랩이야. 그거 걸고 다니면 깜빡할 일 없을 거야."

쇼핑백에 손을 넣어 뒤적였더니 키티 스트랩이 나왔다. 만약 용우가 선물해 줬다면 여자가 모두 키티를 좋아할 거란 편견을 버리라고 한마디 했을 것이다. 맹탐정은 색 중에 분홍색을 가장 싫어하고, 캐릭터 중에서는 키티를 가장 싫어한다.

"혹시 키티 싫어해?"

맹탐정은 고개를 저으며 "아기 때부터 키티를 그렇게 좋아해서 키티 아니면 안 된다고 울고불고했대요."라고 말했다.

"그럴 것 같았는데. 잘됐다."

오빠가 싱긋 웃고는 몸을 돌렸다.

"오빠! 고맙습니다. 잘 쓸게요!"

오빠가 한쪽 손을 올렸다 내렸다. 멀어지는 오빠의 뒷모습을 보며 맹탐정은 쇼핑백을 만지작거렸다.

-해 봤어?

집에 도착해서 침대에 눕자마자 톡이 왔다. 초연이였다.

-우리 반에서 네가 제일 예쁜 것 같다고 했어.

-그랬더니 뭐래?

-뜬금없대.

한참 대답이 없더니,

-하긴 첫술에 배부를 순 없잖아. 내가 보내 준 사진 중에 젤 예쁘게 나온 거 중현이한테 좀 보내 줘.

-보통 누굴 좋아하게 되면 숨기고 싶지 않아? 내가 좋아한다는 걸 알면 나를 부담스러워할까 봐. 그리고 나만 좋아하는 건 왠지 자존심 상하잖아.

-자존심이 왜 상해? 내가 좋아하는 건데!

하긴, 이런 성격이니까 동네방네 중현이를 좋아한다고 떠들고 다닌 거겠지. 맹탐정은 자신과 초연이의 차이점에 대해 생각했다. 맹탐정은 누군가를 좋아하는 자신이 싫었고, 초연이는 그런 자신을 좋아하는 것 같았다.

-사실은 아까 중현이한테 그냥 말하려고 했어. 너한테 중현이가 자신을 좋아하게 해 달라는 의뢰를 받았다고. 근데 용우가 말려서 안 했어.

-용우가? 왜?

-역효과 날 수 있다고 해서. 암튼 최선을 다해 볼게.

-용우 되게 멋있다. 하긴 용우가 좀 잘생겼지!

초연이는 용우에 대해 한참 동안 쫑알거리더니 셀카를 몇 장 더 투척하고 사라졌다. 맹탐정은 중현이에게 초연이의 셀카를 고대로 투척하며 정말 예쁘다, 라고 말했다.

-넌 뭐 해?

-난 염통 먹으면서 침대에 누워 있어.

-염통? 사진 좀.

맹탐정은 염통 사진 한 장과 누워서 염통을 먹고 있는 자신의 사진을 찍어서 중현이에게 보냈다.

-진짜 누워서 먹네.

-내가 염통 좋아한다고 하면 다들 비웃는데 일단 한번 먹어 봐. 먹고 나서도 욕하면 그건 인정해 줄게.

-내일 염통 먹으러 갈래?

그래, 라고 답하고는 눈을 감았다. 엄마는 누워서 먹으면 소화가 안 된다는데, 맹탐정은 소화만 잘됐다. 염통이 스스로 자신의 갈 길을 찾아가는 것만 같다. 염통만 따로 팔지 않는다는 게 슬프다. 왜 순대를 먹어야만 염통을 먹을 수 있는 걸까? 염통 없이 순대는 먹을 수 있지만 순대 없이 염통만 먹을 순 없다는 게, 염통의 슬픔이다. 엄마는 온다더니, 언제 오려나. 언니는 다시 돌아가서 잘 적응할 수 있을까?

여러 가지 생각들이 두서없이 머릿속을 맴돌았다. 꿈속에서 염통이 걸어 다니다 목구멍 밖으로 소리쳤다. 살려 줘! 살려 줘! 얘가 날 가뒀어!

"괜찮아?"

눈을 뜨니 아빠가 맹탐정 이마에 손을 올리고 있었다.

"염통이 나오려고 그래."

"어디서?"

"목구멍에서. 막 내장기관들을 돌아다니다가 갑자기 나오고 싶대."

"지랄 났네, 지랄 났어."

눈동자를 옆으로 굴리니 문 앞에 서 있는 할머니가 보였다. 자신이 생각해도 이상한 말이었기에 할머니의 말에 동의했다.

"어머니, 그게 무슨 말이에요, 애한테."

"아빠, 난 할머니 말 이해해."

"이해한다잖아. 얼른 잠이나 자."

시계를 보니 새벽 두 시가 넘어가고 있었다. 너도 늙어 봐, 하는 엄마의 말이 새삼 떠올랐다. 하긴, 어제에 비해 오늘 늙기는 늙었다. 매일 늙는 일만 남았다.

언니는 다시 정주시로 돌아가기로 했다. 시외버스 터미널은 떠나려는 사람과 떠나보내려는 사람들로 북적였다.

"언니, 힘들어지면 언제든 와."

언니에게 가방을 건네주며 말했다. 언니는 매주 왔다 갔다 하는 게 힘에 부친다고 당분간 정주시에 있겠다고 했다. 언니의 결정을 존중하면서도 한편으로는 또 저번처럼 될까 봐 걱정됐다.

"솔직히 나도 좀 걱정돼."

"그럼 더 있다가 가."

"계속 피할 수만은 없잖아."

맹탐정이 고개를 끄덕였다.

"차 왔다!"

언니가 버스에 올라타려고 준비하다 "반복되는 느낌이야."라고 말했다.

"어제는 정주시에 가서 혼자 잘 생활할 수 있을 것 같았는데, 막상 떠나려니까 어렵네. 가슴이 콱 막힌 것 같다가도 또 잘 이겨 낼 수 있을 것 같아. 마음이 계속 변해. 원래 인생이 이런 건가?"

"언니, 인생에 대해 묻지 마. 인생이라면 지겨워 죽겠으니까."

언니가 맹탐정의 머리를 쓰다듬고는 가방에서 만 원짜리 뭉텅이를 꺼냈다.

"할머니가 이렇게 많이 주심."

언니가 크흑 웃으며 만 원짜리 세 장을 뽑았다.

"염통 사 먹어!"

"언니, 염통이라면 지겨워 죽겠으니까 더 이상 말하지 마."

"다 지겹대. 안 지겨운 게 뭐냐!"

언니가 버스를 탔다. 맹탐정은 버스가 손님들을 다 태우고 떠날 때까지 터미널을 떠나지 않았다. 그리고 마음속으로 기도했다. 언니가 오고 싶으면 언제든 올 수 있는 용기를 갖게 해 달라고. 이곳에 다시 돌아오는 게 실패라고 여기지 않게 해 달라고. 아니, 실패라고 생각하더라도 실패를 받아들일 수 있는 용기를 갖게 해 달라고 말이다.

"어디야?"

아빠에게서 전화가 왔다.

"왜요?"

"염통 사 왔다고. 기억 안 나겠지만, 너 어제 자면서 염통 먹고 싶다고 소리 질렀어. 염통이 내장기관을 돌아다닌다나 뭐라나."

"아빠! 제발 염통 이야기 좀 하지 마세요. 토할 것 같으니까."

맹탐정이 전화를 툭 끊었다. 그리고 거의 동시에 중현이에게서 전화가 왔다.

"어디야?"

"버스 터미널. 언니 배웅하느라고."

"승옥이 누나 갔어?"

"응. 근데 왜?"

"같이 염통 먹기로 했잖아!"

"왜 다들 염통 타령이야!"

맹탐정은 전화를 끊어 버렸다. 민트초콜릿 맛 아이스크림을 좋아한다고 한들 삼시 세끼 그것만 주면 누가 좋아할까? 다들 너무 과하다. 물론 제일 과한 건 맹탐정 자신이었지만.

카페 문을 열고 들어가자 중현이가 와 있었다. 중현이 옆자리엔 검은색 봉지가 놓여 있었고, 맹탐정은 그걸 보자마자 염통이란 걸 알았다. 맹탐정은 선 채로 중현이에게 손짓을 했다. 중현이가 아이스커피를 들고 맹탐정을 따라 나왔다.

맹탐정은 1층 카페와 2층 서점 사이의 계단 벽에 기댔다.

"너 그거 염통이지?"

맹탐정이 묻자 중현이가 씨익 웃었다.

"염통 많이 달라고 했더니 1인분에 맞게 주는 거라고 냉정하게 말하시더라고. 애교 부려서 더 얻어 냈어."

중현이가 애교 부리는 상상을 하자 속이 더부룩해졌다.

"너 어디 가서 함부로 애교 부리지 마. 그거 범죄야. 아마 아줌마가 먹고 떨어지라고 더 준 걸 거야."

"너는 꼭 말을 해도. 암튼 받아."

"됐고, 암튼 나 이제 염통 싫어하니까 사 오지 마."

"어젯밤 여덟 시까지만 해도 염통 좋아한다더니, 아직 하루도 안 지났다!"

"너도 염통이 내장기관을 돌아다니는 꿈 꿔 보면 알 거야."

"염통이 내장기관을 돌아다니는 꿈?"

중현이가 고개를 절레절레 흔들더니 "너 이상하다는 말은 들었지만 이 정도로 이상할 줄은 몰랐다."라고 했다.

"누가? 나 이상하대?"

"너 정말 몰랐어?"

어쩐지 이 대화를 언젠가 나눈 적이 있었던 것 같다. 그래, 기억이 났다. 작년 이맘때쯤 인혜와 나눴었다. 나는 그때도 이상하고 지금도 이상한 걸까? 그렇다면 나는 변치 않는, 한결같은 사람이구나.

"근데 좋아."

"뭐가?"

"이상한 네가. 어젯밤부터 머릿속에서 네가 떠나질 않아."

이건 무슨 상황일까. 얘 혹시 금사빠일까? 눈을 잠깐 감았다. 세상에는 일어나선 안 될 일이 있는데, 지금 바로 그런 일이 일어나고 있었다. 안 돼, 안 돼! 이건 신용의 문제다. 의뢰자의 남자를 빼앗았다? 이게 알려지는 순간 맹탐정은 망하는 거다.

"형! 왜 그냥 들어가세요?"

중현이의 목소리에 눈을 떠 보니 완희 오빠가 어깨를 움츠린 채 발을 떼고 돌아가는 모습이 보였다.

"아, 화장실 청소하려고 나왔다가……."

완희 오빠가 머리를 긁적이더니 "나 아무것도 못 들었어. 정말이야, 진짜!"라고 했다.

"뭘 못 들었는데요?"

중현이가 묻자 "네가 승지 좋아한다는 거."라고 말하고는 강아지처럼 헤헤 웃었다. 다 들었구나.

"전 절대 아니에요. 전 중현이 절대 안 좋아해요."

"아니 뭘 또 그렇게 말하냐?"

중현이가 상처받은 눈빛으로 말했다.

"아니, 그게 아니라……."

맹탐정이 또 부인을 하다가 그게 아닌 거면 안 되지, 하는 생각에 "그게 맞지."라고 덧붙였다.

"아닌 거야, 맞는 거야?"

중현이가 다시 물었고 맹탐정이 우물쭈물하는 사이에 완희 오빠가 "둘이 너무 좋아 보인다."라고 했다.

"이야, 멋있다! 한 수 배웠다. 역시 일단은 용기야."

완희 오빠가 한 손에 빗자루를 든 채 다른 한 손으로 파이팅을 했다. 맹탐정은 모든 게 절망스러워 그대로 터벅터벅 계단을 올라가다, 갑자기 감각이 되살아난 새끼발가락 때문에 아아악! 소리를 질렀다. 아직 계단에 머물러 있던 중현이가 "왜?" 하고 물었고, 몸을 돌렸던 완희 오빠 또한 "왜 그래?" 하고 물었다.

"오빠! 오빠는 세상에서 제일 나쁜 사람이에요!"

"나?"

완희 오빠가 혼이 나간 표정으로 쳐다봤다.

"내가 뭐?"

오빠가 잠깐 생각하더니 "야, 내 말 좀 믿어 줘! 몰래 엿들은 거 아니라니까." 했다.

"응원까지 할 필요는 없잖아요!"

맹탐정의 목소리에 울음이 섞였다. 결코 울지는 않았지만, 누가 조금만 건드리면 툭 하고 눈물보가 터질 것 같았다. 흐릿해서 아무것도 보이지 않았다. 맹탐정은 그대로 2층 책방으로 들어갔다.

"아, 이게 뭐야!" 하는 중현이의 목소리가 책방까지 들려왔다. 속상한 걸 넘어 세상에서 사라지고 싶었다. 혼자 남고 싶었다. 다들 세상에서 나가라고 하고 싶었다. 그럼 나보고 나가라고 하겠지?

어린 왕자's Pick에 앉아서 잠시 마음을 가라앉히고, 용우에게 지금까지 있었던 일을 메시지로 전했다. 물론 완희 오빠 이야기는 빼고, 중현이가 자신을 좋아한다는 얘기만 전했다. 초연이에게 대신 이 상황을 설명해 달라는 의미였다. 도저히 초연이에게 중현이가 맹탐정을 좋아한다는 말을 할 수 없을 것 같았다. 초연이가 "날 좋아하게 해 달라고 했더니 널 좋아하게 됐다고?"라고 소리치며 아이스커피를 얼굴에 부어도 할 말이 없었다.

어쨌든 용우가 다 듣고 나더니,

-진짜 인생 어렵다.

라고 한마디 보내왔다.

-혼자 살고 싶어. 아무하고도 엮이고 싶지 않아.

-그럼 밥은? 빨래는?

-그건 다 해서 방 앞에 놔 주고.

-그게 혼자 사는 거냐?

용우는 너무 논리적이다. 힘든 사람에게 필요한 건 논리가 아닌 위로다. 맹탐정은 다다다다 퍼부으려고 하다가 조용히 메시지 창을 닫았다. 용우가 초연이의 일을 해결하기 전까지는 참아야 한다.

"냉면 먹으러 안 갈래?"

아빠였다.

"아빠, 제발 저 좀 가만히 놔두세요."

"다들 가만히 놔두라네."

"누가요?"

"네 할머니랑 맹똘이랑, 네 엄마랑."

"아빠 친구들이랑 노세요. 철 안 들고 평양냉면 좋아하는 사람들이랑요."

"안 그래도 평양냉면집에서 만나기로 했어."

"저랑 먹자면서요?"

"싫다고 할 줄 알고 있었지."

맹탐정이 황당하다는 눈빛으로 쳐다보자 아빠가 뻔뻔한 표정으로 "내가 널 하루 이틀 겪냐."라고 중얼거리며 서점을 나갔다.

아빠에게 매일 아무것도 모른다고 구박이나 했는데 실은 아빠와 내가 아는 범위가 각각 다른 게 아닐까. 철이 든다는 의미도 아빠와 내가 다르게 알고 있는 게 아닐까. 평양냉면의 맛도. 아니야, 아니야. 맹탐정은 고개를 저었다.

그때 핸드폰이 드르륵 울렸다. 용우의 전화였다.

"초연이가 너 어딨냐고 해서 카페나 서점에 있을 거라고 했는데, 생각해 보니 걱정되네! 어떡하지?"

"야아!"

맹탐정이 소리를 지르는데 쿵쿵 계단 올라오는 소리가 들렸다. 아빠도 나갔으니 불 끄고 없는 척해 볼까? 정말 이 세상을 떠나 우주로 가고 싶다.

"맹승지! 여깄어?"

초연이가 서점 문을 열면서 물었다.

"카페에는 없길래."

초연이가 두리번거리다 맹탐정과 눈이 마주쳤다. 맹탐정은 아무 대책도 없이 머리만 쥐어뜯고 있었다.

"미안해. 우선 사과할게."

맹탐정이 곧바로 이성을 붙잡고 이야기를 이어 갔다.

"그런데 나는 최선을 다했어. 네가 셀카 보내 주면 곧바로 전송하고 네 칭찬도 하고. 근데 사람 마음이라는 게, 후유, 그게 마음대로 되는 게 아니더라고. 그래, 솔직히 말할게. 내가 좋아하는 오빠가 있는데, 그 마음조차, 내가 정말, 마음대로 할 수가……."

"너 용우랑 친해?"

"뭐?"

"얼마 전부터 지켜봤는데, 걔 꽤 괜찮더라."

"무슨 말이야?"

"사람 마음이 뜻대로 안 되잖아."

"그래서?"

초연이가 싱긋 웃었다. 세상에. 중현이와 초연이의 공통점이 있었다. 둘 다 금사빠라는 것! 맹탐정은 할 말을 잃었다. 작년에 이어 올해 맹탐정 고민 상담소를 열고 느낀 점은 사람 마음은 정말 알 수 없다는 거다. 마치 물속같이.

"용우는 어떤 스타일 좋아해? 둘이 제일 친하잖아. 근데 너네는 아무리 붙어 다녀도 소문 안 나더라. 둘이 불알친구야?"

"뭐? 불알?"

맹탐정이 미간을 찌푸리자 초연이가 "왜? 그냥 속담 같은 건데." 라고 했다.

"속담 같은 거라니. 공부 좀 해. 그리고 너 이제 중현이 안 좋아해?"

"걔가 눈이 좀 낮은 것 같아."

초연이는 이렇게 말하더니 "널 두고 하는 소리는 아니고."라고 덧붙였다. 가만히 있다가 여기저기서 펀치를 맞은 기분이었다. 나한테 왜 그래! 소리를 지르고 싶었지만 초연이가 표정을 싹 바꾸면서 "물론 널 두고 하는 소리라 해도 넌 할 말이 없겠지만."이라고 말해서 입을 얼른 닫았다.

"그래, 그, 그건 미안해. 근데 사람 마음이…… 정말 뜻대로 안 되더라."

맹탐정은 최대한 불쌍한 표정을 지으며 말했다. 우는 사람한테 돌 던지지 못하는 법이니까.

"야! 연기 좀 하지 마."

초연이가 맹탐정의 어깨를 툭툭 치고는 "용우가 날 좋아하게 만들어 줘. 그럼 용서해 줄게."라고 말했다.

"싫어?"

"아니, 싫은 게 아니라."

맹탐정이 중얼거렸다.

"싫은 게 아니라 못 할 것 같아. 자신이 없어."

"아니야, 넌 할 수 있어!"

초연이의 표정은 해맑았다. 맹탐정을 놀리는 게 아니라 진심이었다. 어떻게 말해야 할까. 사람 마음은 수학 공식처럼 풀 수 있는 게 아니란 걸.

"난 못 해. 할 수 없어."

맹탐정이 고개를 저었다.

"소문내도 돼. 맹탐정이 이번에도 실패했다고. 매번 실패만 한다고. 아무것도 못한다고. 실은 탐정도 아니라고. 유치한 애라고. 본인도 탐정이라고 불리는 거 창피해한다고. 다 소문내도 돼. 그래도 괜찮아."

맹탐정이 자포자기한 심정으로 쏟아 냈다. 붕 떠 있던 초연이가 분위기 파악을 했는지 머리를 긁적이면서 "그럴 생각 없었는데." 하더니 "그래도 난 노력해 볼 거야. 용우가 날 좋아하도록."이라고 말했다.

"그게 나쁜 건 아니잖아?"

내가 좋아하는 사람이 날 좋아하도록 노력하는 건 나쁜 게 아니었다. 그런데 맹탐정은 회의적인 생각이 들었다. 사람 마음이 노력으로 움직이는 것 같지 않았다. 왜냐하면 자신의 마음조차 마음대로 되지 않기 때문이었다. 완희 오빠 때문에 마음이 아프고 싶지 않은데, 자꾸 완희 오빠가 생각났다.

초연이가 열고 나간 문이 앞뒤로 흔들렸다. 서점 안의 차가운 공기와 밖의 무더운 공기가 교차했다.

용우와 바닷가 산책로에 있는 벤치에 나란히 앉았다. 오후에 비가 온다더니 구름이 조금씩 몰려오고 있었다. 곧 비가 올 것 같은데, 곧이 언제인지 알 수 없었다. 하긴, 기상청도 잘 모르는 걸 맹탐정이 어찌 알 수 있을까.

"초연이가 널 좋아하는 것 같아. 아니, 좋아한대."

"중현이는?"

"이제 안 좋아한대. 마음이 변했대."

"그게 뭐야."

용우가 피식 웃었다.

"웃기다. 마음이 그렇게 갑자기 변하기도 해?"

용우가 초연이의 마음을 너무 가볍게 말하자 맹탐정은 초연이의 편을 들어주고 싶었다.

"갑자기 변한다고 마음이 마음이 아닌 건 아니잖아. 갑자기 변했어도 진심일 수 있잖아. 갑자기 변하는 마음도 있고 변치 않는 마음도 있고, 변치 않다가 변하는 마음도 있는 거잖아, 안 그래?"

"난 초연이 안 좋아해."

"나중에 초연이를 좋아하게 될 수도 있어."

"절대 아닐걸? 그건 내가 잘 알아. 절대 아니야."

맹탐정은 잠시 생각하다가 고개를 끄덕였다. 용우의 마음이 그렇다면 그런 거다. 남의 마음을 함부로 재단할 수는 없는 거니까.

"초연이가 네가 자기 좋아하게 해 달라고 해서 못 하겠다고 했어."

"잘했어."

"너한테 고백할 거 있어."

"고백?"

"우리 친구 맞지?"

용우가 고개를 끄덕였다.

"나 실은 좋아하는 사람 생겼어. 연애는 스물아홉 번 정도 해봤는데, 마음이 아픈 건 처음이야."

"연애 스물아홉 번 해 본 거 그만 말해도 돼. 아마 산이군에 모르는 사람 없을 거야."

용우가 이렇게 말하더니 "아, 이게 아니지." 하고는 "그래서 마음이 아파?"라고 다시 물었다. 맹탐정이 고개를 끄덕였다.

"어떻게 아파?"

맹탐정이 "음." 하더니 "설명 못 하겠어. 근데 이건 확실히 알아. 그 사람은 날 안 좋아한다는 거. 나 말고 다른 사람 좋아해."라고 말했다.

"심장이 아파?"

"누가 걸레 짜듯이 막 쥐어짜는 것 같아."

"……아프겠다."

용우가 고개를 주억거리다가 수평선을 바라보았다. 바닷물이 완전히 검었다. 이상하다. 하늘에 먹구름이 몰려오고 세상이 어두워져야 비로소 바다도 어두워지는 줄 알았는데, 하늘보다 바다가 먼저 어두워졌다.

"바다가 먼저일까 하늘이 먼저일까? 뭐가 더 먼저 어두워졌을까?"

"바다. 바다가 검은색으로 변하자마자 하늘에 먹구름이 몰려왔어."

용우가 대답했다.

"아니다. 하늘에 먹구름이 몰려오는 순간, 바다 색이 변했어."

용우가 다시 정정했다.

"모르겠다, 정말. 근데 비가 오거나 지진이 발생하기 전에 동물들이 먼저 알고 대피한다고 하잖아. 그것처럼 천둥 번개가 치기 전에 바닷속에 사는 상어나 고래가 먼저 눈치채고 바다한테 알려 주는 게 아닐까? 대비하라고."

"뭘 대비해?"

용우가 어깨를 으쓱했다.

"일종의 마음의 준비 같은 거지."

마음의 준비라.

"너 있잖아. 애들이 이상하다고 안 해?"

맹탐정이 그동안 궁금했던 걸 물었다.

"너랑 다니더니 이상해졌다고는 해."

이번만큼은 맹탐정도 순순히 고개를 끄덕였다. 용우가 맹탐정을 만나서 이상해진 건지, 이상한 애라서 맹탐정과 어울리게 된 건지는 몰랐다.

"작년에 내가 자아에 대해 엄청 고민했던 거 생각나?"

용우가 고개를 끄덕였다.

"내가 내린 결론은 자아는 바다와 같아서, 어두운 날의 바다도 햇빛이 쨍쨍 내리쬐는 날의 바다도 모두 바다인 것처럼 이상한 날의 나도, 괜찮은 날의 나도 모두 나라고 했었거든. 근데 오늘 보니까 바다는 영향만 받는 존재가 아니라 영향을 주는 존재이기도 한 것 같아. 그러니까 우리는 서로 영향을 주고받으면서 살아가는 거야. 내가 너한테 영향을 받는 동시에, 영향을 주는 것처럼."

맹탐정은 크게 한숨을 내쉬었다.

타인에게 영향을 받는 존재라고 생각했을 땐, 좋은 사람만 만나야지 생각했다. 자신이 타인에게 영향을 주는 존재라는 생각을 하자 좋은 사람이 되고 싶어졌다.

“나는 작년에 너를 더 알게 되고 조금 변했어. 뭐가 어떻게 변했냐고 하면 하나하나 설명할 수는 없지만, 어쨌든 너라는 사람과 알게 되면서 나는 지금의 내가 됐어. 아마 너도 나로 인해서 조금은 변했을 거야. 바다와 날씨같이. 날씨와 바다같이. 너, 사람은 사람 없이 살 수 있다고 생각해?”

용우가 고개를 저었다.

“혼자 있을 수는 있지만, 혼자서만 살 수는 없어. 슬프게도…….”

맹탐정이 잠시 바다를 바라보고는 말을 이었다.

“세상의 모든 슬픔은 거기서 나오는 것 같아.”

“너, 괜찮아?”

용우가 물었다. 맹탐정이 고개를 끄덕였다.

“누굴 좋아하는 건 나쁜 게 아니야. 그 사람이 널 안 좋아한다고 해서, 네가 모자란 것도 아니고. 네가 좋아하는 사람이 널 안 좋아해도 괜찮아. 너 작년에 나한테 했던 말 기억나?”

“내가 뭐라고 했는데?”

“누굴 좋아해도 괜찮다고 했어. 정확히 그 말은 아닌데, 난 그렇게 받아들였어. 그리고 그 말을 듣고 내가 나를 미워하는 걸 멈추기 위해 노력하게 됐어. 아직 잘되지는 않지만, 그래도 노력해. 날 덜 미워하도록."

용우가 담담하게 말했다.

"완희 형이 널 안 좋아한다고 네가 별로인 사람은 아니야."

"근데 내가 완희 오빠 좋아하는 거 어떻게 알았어? 나 한 번도 말한 적 없는데?"

"완희 형 카페 첫 출근 날부터 눈치챘어."

"진짜로?"

맹탐정이 멍하니 서 있는데, 용우가 소리쳤다.

"어? 비 온다."

용우가 하늘을 향해 손바닥을 내밀었다. 빗방울이 조금씩 떨어지고 있었다. 그러다 갑자기 하늘이 번쩍이더니, 이어 크아아앙 울음소리 같은 천둥이 쳤다. 빗물이 우다다다 쏟아졌다. 소나기였다. 한여름의 소나기처럼 빗방울의 강도가 센 건 없다. 용우가 맹탐정의 손을 잡고 뛰자, 라고 말했다. 둘은 카페 방향으로 뛰기 시작했다.

마스크가 벗겨져 다시 쓰려는데 아예 땅바닥에 떨어졌다. 다시 주워 쓰려는데 이미 흥건히 젖어 버렸다. 맹탐정은 마스크를 주머니에 쑤셔 넣고 다시 달리기 시작했다. 마스크도 없이 빗방울을 맞으며 산책로를 달리다 보니, 알 수 없는 해방감과 함께 서글픔이 밀려왔다.

기억도 나지 않는 어린 시절, 걷기 위해 수만 번 넘어졌을 것이다. 무릎이 까지고 중심을 잡지 못해 머리를 쿵 하기도 했겠지만, 걷기 위해 넘어야 하는 과정이었을 것이다. 그렇다면 누군가를 사랑하고 거절당하는 것도 성장하기 위한 과정일까? 만약 그렇다면, 성장하고 싶지 않았다. 이렇게 아프고 싶지 않았다. 가슴이 찢어지고 심장이 터질 것 같았다. 맹탐정은 멈춰서 숨을 몰아쉬었다.

"어!"

용우가 소리쳤다. 하늘을 보니, 어느새 비가 멈추고 해가 떠 있었다. 보고도 믿기지 않을 정도로 극적인 변화였다. 마법이 일어난 것 같았다. 그리고 동시에, 커다란 트렁크 두 개를 양옆에 놓고 서 있는 사람이 보였다.

"엄마!"

맹탐정이 불렀다. 엄마가 빙긋 웃었다.

"안녕하세요!"

용우가 힘차게 인사한 후에 카페로 뛰어 들어갔다. 트렁크와 같이 건물 입구에 서 있는 엄마와 비에 홀딱 젖은 맹탐정이 마주 보고 섰다.

"왜 울어?"

"비야."

"울었잖아."

엄마는 다 알고 있었다.

"엄마, 왜 나를 좋아하지 않을까? 내가 어디가 부족한 걸까?"

"네가 완벽해지면 그 사람이 널 좋아하게 될까?"

엄마가 입술을 깨물었다.

"엄마가 해 줄 수 있는 말은 네 마음도 곧 변할 거라는 거야. 영원한 마음 같은 건 없어. 어릴 땐 영원한 사랑을 꿈꿨는데, 커서 보니 영원하지 않아서 좋다는 생각이 들어. 내가 너네 아빠를 아직도 좋아한다고 생각해 봐라."

엄마가 몸을 부르르 떨었다. 닭살이 돋는다는 듯 팔뚝을 쓰다듬기도 했다. 엄마가 트렁크 하나를 가지고 계단을 올랐다. 맹탐정이 자연스레 나머지 하나를 들었다.

"처음엔 다른 남자들이랑 다르게 섬세하고, 입맛도 고급스러워서 얼마나 좋게 봤는데. 난 네 아빠 만나서 평양냉면 처음 먹어 봤잖아."

"평양냉면?"

이번엔 맹탐정이 몸을 부르르 떨었다.

"그땐 평양냉면 먹는 사람이 많이 없었어. 남들 다 함흥냉면 먹는데 혼자 평양냉면 먹는 게 뭔가 개성 있고 멋있어 보이더라고. 내가 미쳤지."

몇 계단을 오르던 엄마가 멈춰 서더니 마치 방금 물이라도 쏟은 듯 자책했다. 그 모습을 보자 슬며시 웃음이 나왔다.

"엄마, 나는 나를 잃어버린 것 같아. 아니, 잃어버리고 싶은 것 같아."

엄마가 피식 웃었다.

"네 아빠도 자아를 잃어버렸었잖아. 똑 닮았네."

맹탐정도 따라 웃었다.

"나 이혼하려고."

엄마가 느닷없이 말했다.

"갑자기?"

"갑자기가 아니야. 오랫동안 생각했어."

작년, 엄마의 서랍 속에서 본 이혼 서류가 생각났다. 이혼 결정을 번복한 줄 알았는데 보류했을 뿐이었다.

엄마 아빠의 이혼은 속상하지만, 와중에 맹탐정은 마음이 변한다는 게 어떤 희망처럼 다가왔다.

"엄마! 제주도에서 돌이라도 가져왔어? 왜 이렇게 무거워? 이거 그냥 엄마가 들어."

엄마는 반가웠지만 트렁크는 무거웠다.

"너 보면 잘해 줘야지 했는데."

엄마의 중얼거림이 들려왔다.

"나도 앞으로 엄마한테 잘해야지 다짐했어."

엄마가 피식 웃다가 순간 휘청였다. 트렁크의 무게 때문이었다. 그 모습을 멍하니 바라보다가 엄마를 잡아야겠다고 생각했는데, 생각과 달리 몸이 본능적으로 옆으로 돌아갔다. 그것도 날렵하게.

다행인지 불행인지 엄마는 트렁크 위로 넘어져서 머리통을 찧지는 않았다.

"좀 잡아 주지!"

엄마가 소리쳤다.

"아니, 잡으려고 했는데 나도 모르게 몸이!"

맹탐정의 생존 본능은 강렬했다. 엄마가 에구구구 소리를 내며 몸을 일으켜 앉았다.

"엄마, 난 엄마랑 같이 살 거야."

"당연히 그래야지. 그래도 방학 땐 아빠한테 가 있어."

"왜? 귀찮아?"

"삼시 세끼 밥을 다 어떻게 차려 줘."

"아빠가 만약에 서점 계속한다고 하면?"

"원룸이나 한 채 얻어 줘야지."

"그럼 할머니, 엄마, 나, 맹똘이 같이 살고 아빠만 나가는 거야?"

엄마가 고개를 끄덕였다.

"할머니가 아빠랑 산다고 하면? 아무리 그래도 아빠가 할머니

아들이잖아."

그럼 원룸이 아니라 투룸을 구해 드려야 할까? 내가 지금 실연을 당하고도 이런 생각을 해야 하나. 아니, 엄밀히 말하면 실연은 아니지. 고백한 것도, 사귀는 사이도 아니었으니까.

"뭔 말이야?"

할머니가 카페 뒷문 앞에 휴지를 들고 서 있었다.

"아니, 어머님…… 제가 따로 말씀을 드리려고 했는데."

할머니 입장에서는 화날 법도 했다. 아무리 며느리와 시어머니 사이라지만, 오랫동안 같이 살았는데 누구보다 할머니에게 먼저 말했어야 했다.

"할머니, 엄마가 말하려고 했……."

"내가 에미랑 살아야지! 걔랑 어떻게 사니?"

할머니가 고개를 절레절레 저었다.

"지저분하고 말귀 못 알아먹고. 아휴, 에미야 잘 왔다."

할머니가 엄마의 손을 잡았다. 엄마가 할머니의 손을 잡고 몸을 마저 일으켰다.

"나랑 같이 살 거지?"

"그럼요, 어머님. 그이랑은 헤어져도 어머님이랑은 한 번도 헤어진다는 생각조차 해 본 적이 없었어요."

"무슨 소리야?"

고개를 드니 아빠가 2층 서점에서 내려오고 있었다.

"나, 이혼해?"

"응, 아빠 이혼해."

맹탐정이 담담하게 대답했다.

"나보다 얼굴이 더 탔네. 선크림 바르고 다니라니까. 근데 당신 아직도 평양냉면 타령해?"

"평양냉면? 그렇지. 냉면은 평양냉면이지."

이런 걸 난장판이라고 하는 걸까? 그게 맞다면 난장판도 이런 난장판이 없었다.

"너나 먹어라. 나는 새콤달콤해야 냉면이지, 밍밍한 건 냉면으로도 안 치니까."

할머니가 말했다.

"어머님, 저도 함흥파예요."

"엄마! 나도."

아빠가 당황한 듯 "다들 함흥냉면이세요?" 하고 되물었다. 처음 알았다는 표정이다. 맹탐정은 갑자기 화가 솟았다.

"아니, 우리가 몇 번을 말했어! 평양냉면 싫다고!"

"진심이야?"

"당신 제발 남의 말 좀 듣고 살아. 제발, 어, 제발!"

"쯔쯔. 한평생을 평양냉면 싫다고 해도 아직까지 저래. 내가 낳았지만, 아이고."

"아니, 그래서 이혼을 하자고?"

아빠가 다시 물었다. 엄마가 고개를 끄덕였다.

"이렇게 갑자기?"

"갑자기가 아니야."

"어머니는 그래서 며느리랑 산다고요? 아들이 아니라?"

할머니가 고개를 끄덕이며 "내가 왜 너랑 사니?" 했다.

"이게 뭐야."

아빠가 말했다.

"그러니까 이게 뭐니."

할머니가 말했다.

"어머님, 진짜 이게 뭘까요."

엄마가 말했다.

"엄마, 정말 이게 뭐지?"

맹탐정이 말했다. 그때 갑자기 할머니가 아랫배를 잡고 어기적 어기적 화장실로 걸어갔다. 이 모든 게 5분 동안 일어난 일이었다. 맹탐정은 1년 전, 인생이 바닷물을 먹었다 뱉었다 하며 달그락거리는 사이다 캔 같다고 생각했었다. 시끄럽고 정신이 하나도 없었다. 그런데 1년이 지난 지금도 마찬가지였다.

어떻게 변한 게 없을까? 좋아하는 남자가 다른 사람을 좋아한다는 걸 빼면, 맹탐정의 인생은 작년과 똑같았다. 앞으로도 이렇게 몸과 마음이 시끄러울까?

"정말 평양냉면 안 먹을 거야?"

아빠가 건물을 나서기 전, 다시 한번 물었다.

"제발."

엄마가 소리를 빽 질렀다.

"아빠, 제발."

아빠가 그제야 투덜거리며 밖으로 나갔다. 아아, 엄마는 아빠랑 헤어지면 남이 되지만 맹탐정은 혈연관계라 둘 사이의 연을 끊을 수도 없었다.

맹탐정은 엄마를 따라 터벅터벅 계단을 올라가며 마음에 대해 생각했다.

IQ 200의 천재라서 수많은 성취를 얻었다는 기사는 봤지만, 천재라서 절망을 느끼지 못한다는 기사는 본 적이 없다. 부자라서 슬픈 적이 단 한 번도 없다는 기사도. 아이돌들도 TV에 나와 힘듦을 토로한다.

인간이라면 누구나, 단 한 명도 예외 없이 기쁨과 슬픔, 절망과 좌절을 경험한다. 그렇다면 인간이 가진 것 중 가장 공평한 건 마음이 아닐까. 맹탐정은 자신의 마음에 대해 더 알고 싶어졌다.

"맹똘아, 엄마 왔다!"

엄마의 소리가 집 안에 울려 퍼졌다.

그 순간, 내가 엄마를 간절히 그리워했다는 걸 깨달았다.

## 나는 내 인생의 팬이야

집에 몇 가지 규칙이 생겼다. 평양냉면 강요 금지와 염통이란 말 절대 꺼내지 않기다.

완희 오빠는 대학 입시가 다가오면서 자연스레 아르바이트를 관뒀다. 오빠에게 고백하지 않은 건, 일생에서 가장 잘한 일이다. 흑역사를 생성하지 않았다는 것만으로도 올해 여름은 칭찬받을 만했다. 연애는 스물아홉 번에 멈췄다. 서른 번째 연애 하는 날이 올까?

"아홉수가 무섭다더니, 열아홉 번에서 스무 번째로 넘어갈 땐 어땠는지 기억도 안 나."

"너 연애 스물아홉 번 해 본 거 제발 그만 말했으면 좋겠어. 솔직히 조금도 믿음이 안 가."

"내가 거짓말한다는 거야?"

"아니! 너는 진심이겠지. 그래서 더 무서워."

용우가 귀를 파며 말했다.

용우와는 여전히, 이렇게 지낸다.

그런데 또 다른 문제가 생겼다. 더 이상 아무도, 상담소에 의뢰를 해 오지 않는다는 거다.

우선 초연이 사건 때문에 맹탐정이 의뢰자가 좋아하는 남자를 뺏었다고 소문이 났다. 아니, 누가 누굴 뺏었다고? 중현이 같은 애 트럭으로 갖다줘도 싫다. 정말 미치고 팔딱 뛸 노릇이었다. 소문은 부풀대로 부풀어 나중에는 중현이랑 사귄다는 소문까지 났다. 하아. 게다가 용우와 관련된 소문도 학교에 돌았다. 누군가 용우가 남자와 키스하는 걸 봤다고 했다.

용우가 불안해하자, 나도 같이 불안해졌다.

결국 이런저런 사정으로 맹탐정 고민 상담소를 닫기로 결정했다. 이른바 명예로운 퇴장이었다. 어차피 손님이 없어서 닫아야 할 판이었는데, 용우 핑계를 댈 수 있었으니까. 용우도 그걸 알고 넌 정말, 휴, 아니다, 같은 말들을 했다. 그래도 나와 용우는 속마음을 나누는 진정한 친구였다. 내년 여름도 함께할 수 있을까?

"너 미스 마플 알지?"

"알지."

"미스 마플의 화요일 클럽이 있어. 화요일 밤에 모여서 각자 자신이 겪은 미스터리를 말하는 거야. 그럼 미스 마플이 뜨개질을 하면서 범인을 맞혀. 미스 마플은 세인트 메리 미드 마을에 살면서 한 번도 마을을 벗어난 적이 없거든? 근데 다 맞혀! 그래서 사람들이 어떻게 다 알 수 있냐고 물어봐. 미스 마플이 뭐라고 했는지 알아?"

"뜸 들이지 말고 그냥 말해."

나는 용우를 살짝 노려본 후에 말했다.

"인간의 본성은 어디든 똑같거든요. 평생 이 마을에 살면서 사람들을 구석구석 관찰했기 때문에 제가 오히려 유리한 입장일 수 있죠, 라고."

"그래서, 이 이야기를 하는 이유는?"

"맹탐정의 서머 나이트 클럽 한번 열어 볼까 하고. 각자 먹고 싶은 음식 싸 와서 자신이 겪은 오묘한 이야기를 나누는 거야. 의뢰도 다 끊겼으니. 뭐라도 해야지. 의외로 대가가 쏠쏠했거든."

맹탐정은 그동안 받았던 문화상품권과 성공보수를 떠올렸다. 노동의 대가는 달콤했다. 이대로 잃을 순 없다.

"뭐, 뜨개질 대신 염통 먹으면서?"

용우가 말을 내뱉고 맹탐정의 눈치를 살폈다. 용우와 눈이 마주쳤다. 화를 내야지 생각했는데 피식 웃음이 새 나와 허벅지를 꼬집어야 했다.

"야, 왜 내 허벅지를 꼬집어?"

아이고. 남의 허벅지를 꼬집었다. 결단코, 결백하게, 내 허벅지인 줄 알았다.

"미안. 내 허벅지인 줄 알았어."

"너랑 나랑 지금 의자 하나 띄고 앉아 있거든?"

나는 귀를 막았다. 귀찮고 슬프고 힘들고 괴롭고 서러운 인생이지만, 그래도 웃을 일은 언제든, 느닷없이, 일상 속에서 찾아온다.

아, 그리고 한 가지 전할 소식이 있다. 산이군의 유일한 평양냉면 가게가 문을 닫았다. 여기까지 들으면 슬픈 일 같지만, 곧 다른 평양냉면집이 오픈한다.

'진정한 평양냉면의 맛'이라는 곳인데 나는 처음 상호를 듣고 아빠가 지어 준 게 아닐까 진지하게 의심했다.

아빠는 2층 서점을 그럭저럭 꾸려 가고 있고, 엄마는 1층 카페를 잘 운영하고 있다. 정주시로 간 언니는 이제 괜찮다고 걱정하지 말라고 하는데, 글쎄다. 그건 모르는 일이다. 사람은 언제든 나빠질 수도, 좋아질 수도 있으니까.

아, 맹똘이는 무슨 말만 하면 자기 인생에 상관하지 말라며 방문을 탁 닫고 들어간다. 문 똑바로 안 닫아? 하고 엄마가 말하면 바람 때문이야, 라고 소리를 지른다. 맹똘이와는 되도록 마주치지 않는 게 상책이다. 엄마 아빠의 이혼은 아직까지 보류다.

"바다 보러 갈래?"

인생의 한 가지 위안이 있다면, 보고 싶을 땐 언제든 바다를 볼 수 있다는 거다. 언니는 바다가 보고 싶을 때면 어떻게 할까? 나도 내년이면 중3. 이곳에 남을지 정주시로 떠날지 결정해야 한다. 나가고 싶은 마음이 99프로이지만, 안 나가고 싶은 마음도 1프로쯤 있다. 그리고 가끔은 1프로가 99프로보다 더 중요할 때가 있다.

"어? 저거 뭐야?"

용우가 바람에 날리는 플래카드를 가리키며 말했다. 인혜가 플래카드를 휴대폰으로 찍고 있었다.

<코로나 시대의 문학과 사랑>

김용수 원장 낭독회 : 여름과 마스크와 하루키와 달리기

장소 : 산이군 군민회관, 입장료 : 5,000원(입장료는 기부됩니다)

기어코 낭독회를 하는구나. 그런데 코로나 시대의 문학이라니? 설마 시에 마스크가 들어갔기 때문일까?

"뭐 해?"

"아빠가 현수막 잘 달렸는지 확인하고 오래서. 너도 올 거지?"

나는 고개를 절레절레 흔들었다. 아니, 5천 원을 내고 아저씨 시 낭독을 들으라고? 그건 절대로 있을 수 없는 일이다.

"아빠가 참석하면 문상 5만 원씩 준대."

"뭐? 5만 원?"

인혜가 고개를 끄덕였다.

"시집도 주고."

"시집도 내셨어?"

"응, 천만 원 주고 냈어."

"돈을 냈다고?"

작가는 인세를 받는 직업이 아니었던가? 내가 여태까지 작가라는 직업에 대해 잘못 알고 있었던 걸까?

"등단도 하셨어. 문예지 500권 사비로 구매하는 조건으로."

"아니, 등단을 돈 주고 해?"

"시인이 되고 싶었대. 암튼 올 거야, 말 거야? 너 안 온다고 하면 다른 애들 찾아보려고."

나는 정색하며 말했다.

"당연히 가야지."

나는 김 원장의 문학 세계를 이해해 보고 싶었다. 누구보다 잘 이해할 자신이 있었다. 그러자 용우가 미간을 찌푸리며 쳐다봤다. 나는 작은 목소리로 "비즈니스."라고 말했다. 그러자 용우가 "그게 아니라,"라고 하더니 인혜에게 말했다.

"나도 가도 돼?"

인혜가 고개를 끄덕였다.

"이해해 보고 싶어. 아저씨의 문학 세계."

"아줌마도 올 거야."

인혜가 말하고 나서 뜸을 들이고는 "영은 언니 엄마 말이야."라고 덧붙였다. 그때 미숙 씨가 인혜 아빠에게 출판사에 투고해 보라고 권했던 게 떠올랐다. 미숙 씨를 만나지 않았다면 아저씨는 코로나 시대의 문학과 사랑이라는 주제로 시 낭독을 하지 않았을 것이 분명하다. 김 원장은 미숙 씨를 만나 행복을 얻는 대신, 부끄러움을 잃었다.

"아, 맞다! 시 낭송 끝나고 아빠한테 꽃다발 좀 가져다 드릴 수 있어? 문상 5만 원 더 준대. 선착순 다섯 명인데 네 명은 이미 뽑,"

인혜의 말이 끝나기도 전에 용우가 손을 들었다. 공손한 손짓이었다. 인혜가 통과, 라고 말했다.

"나는?"

"혹시 누가 빠지면 연락 줄게. 예비 1번으로 해 둘게."

나는 간절한 마음이 되었다.

"입이 없나요? 아니요. 입은 있어요. 마스크를 써야겠어요. 나 아저씨 팬이야. 1호 팬이야. 이 점 꼭 어필해 줘."

인혜가 고개를 절레절레 흔들며 "그날 보자."라고 했다.

아마도 산이군 사람들 대부분이 참석할 것이다. 김 원장이 시 낭송을 마치면 다들 열화와 같은 박수를 치고 웃는 얼굴로 덕담을 하겠지만, 고개를 돌리면 김 원장의 이혼과 새로운 연애에 대해 이야기할 것이다. 그러고는 김 원장이 예약해 놓은 식당에 가서 어른들은 고기에 맥주를, 애들은 고기에 사이다를 먹을 것이다.

그러다 갑자기!

어어어, 이 사람 봐라! 하는 소리가 어디선가 들리고, 내가 이런 말까지는 안 하려고 했는데, 라는 말이 연달아 들리면 그만 좀 하세요, 지금 그런 자리가 아니잖아요, 라는 말이 나오고, 와장창 누가 술병 위에 넘어지면서 깨지는 소리가 나고, 오늘은 이쯤에서 그만하죠, 아이고 좋은 날 꼭 이래야 하나, 같은 말들이 테이블 사이사이를 지나다닐 것이다.

일어나지 않은 일들이지만, 이미 일어난 것만 같은 기시감이 들었다. 기쁨과 슬픔은 반복된다. 지금 기쁘다고 영원히 기쁘지도, 지금 슬프다고 영원히 슬프지도 않다. 다행이라는 생각이 들었다.

용우가 나를 툭 쳤다.

"삐졌냐? 그래, 너 해라, 너."

그게 아니라 그냥 생각 좀 하고 있었어, 라고 말하려다 입을 다물었다. 오해였지만 이득이었다. 용우가 먼저 성큼성큼 걸어갔다.

저 멀리 바다가 보였다.

누군가 금가루를 뿌려 놓은 것처럼 반짝였다. 아름답다는 말로는 부족했다. 뭐랄까, 신비로웠다. 그러나 곧 어두워지면 이 광경은 사라질 것이다. 찰나의 순간이었다. 흘러가는 물을 잡을 수 없는 것처럼, 흘러가는 시간도 잡을 수 없는 거겠지. 그렇다면 나는 어떻게 살아야 할까.

용우가 벤치 앞에 먼저 도착해 나를 향해 손을 흔들었다. 사랑하는 내 친구. 나는 용우가 좋았다. 용우의 존재 자체가.

아빠가 빌려준 책이 떠올랐다. 그 책의 주인공은 할아버지에게 이렇게 물었다.

-할아버지, 사람은 사랑 없이 살 수 있나요?

책에서 할아버지는 부끄럽지만, 사람은 사랑 없이 살 수 있다고 말한다. 그러나 주인공은 많은 일들을 겪은 후에 말한다. 사람은 사랑 없이 살 수 없다고.

나는 용우를 지켜 주고 싶었다. 용우가 용우라는 이유로 상처받는 게 싫었다. 용우가 짜장면을 좋아하든 짬뽕을 좋아하든, 탕수육 소스를 부어 먹든 찍어 먹든, 남자를 좋아하든 아니든 전혀 상관 없었다. 용우는 뭐든 좋아할 자격이 있었다.

"여기 앉아."

용우가 물기가 묻어 있는 벤치를 손수건으로 닦아 줬다. 용우는 본성이 친절하고 다정한 아이다.

"용우야! 내가 지켜 줄게."

용우가 고개를 숙였다.

"나만 믿어."

용우가 이미 숙인 고개를 더 푹 숙였다. 감동받은 걸까? 그래서 우는 걸까? 느끼한 건 정말 싫은데…….

"제발, 제발 그런 말 좀 그만해."

용우가 고개를 들었다.

"내가 이런 말까지는 안 하려고 했는데."

"뭐? 해 봐."

"너, 너네 아빠 닮았어. 아저씨 블로그 봤어. 철없는 어린 왕자."

"뭐? 어떻게 그런 모욕을……. 사과해."

사람은 사람 없이 살 수 없지만, 사람 때문에 화가 난다. 그게 인생의 딜레마다.

"미안."

사과하기 싫다고 쭈뼛대야 더 화를 낼 수 있는데 재빨리 사과하니 더 분하다.

"하여튼 너하고는 대화가 안 통해. 아, 근데 마지막으로 이거 하나는 묻자."

"뭐?"

"탕수육 부먹이야, 찍먹이야?"

"찍먹."

아아. 용우를 친구로서 사랑하지만, 중국집에는 같이 못 갈 것 같다. 어떻게 탕수육을 찍어 먹을 수 있을까? 그건 소스에 대한 모독이다. 만약 김 원장이었으면 이런 시를 썼을 것이다.

부어 먹나요?
아니요, 찍어 먹어요
그럼 붓기 전에 탕수육을 나눠야겠어요
저는 부어 먹거든요

이런 생각을 하자, 키득키득 웃음이 새어 나왔다. 인생이 너무 재밌다.

그래도 애들한텐 말하지 말아야지. 인생이 재밌다고 하면 분명 미쳤다고 생각할 것이다. 왜냐하면 나도 그러니까. 심각한 표정으로 죽고 싶다고 말하는 것보다 히죽 웃으며 인생이 재밌다고 말하는 게 더 이상해 보인다.

"야, 그만 좀 웃어. 무서우니까."

용우가 투덜거렸다. 바닷물은 여전히 금가루를 뿌려 놓은 것처럼 반짝였다. 햇빛이나 달빛에 비치어 반짝이는 잔물결을 '윤슬'이라고 한다고 들었다. 윤슬. 이름도 예쁘다. 이 아름다움을 조금 더 즐겨도 될 것이다.

아직 겪지 않은 인생의 시간들이 기대되기 시작했다.

『맹탐정 고민 상담소』 첫 번째 이야기가 2019년 9월에 출간됐으니 근 2년 만에 독자들과 만나는 것 같아요. 사실 '맹탐정'이란 이름으로 다시 만날 거란 생각은 못했습니다. 출간 초기 독자들의 반응이 궁금해 자주 검색해 봤지만 아무 글도 올라오지 않았거든요. 독자에게 가닿는 길은 정말 멀구나 생각하며 지냈는데 6개월쯤 지났을까요. 조금씩 소식이 들려오더라고요. 몇 도시에서 한책으로 선정되기도 했고요.

그러는 동안 맹탐정은 어떻게 지낼까 늘 궁금했습니다. 용우랑은 계속 친하게 지냈을까? 아빠하고는? 승옥이 언니는 학교를 그만뒀을까? 학교에 강연을 가면 학생들도 맹탐정에 대해 물어봤어요. 아빠가 집을 또 나가지 않았냐는 질문이 가장 많았습니다. 뭔가 믿음직스럽지 못했던 거죠. 이 글을 읽는 분들은 아시겠죠. 아빠는 다행히(!) 집을 나가지 않았지만 아빠 때문에 엄마가 집을 나갔다는 걸요. 없으면 걱정되고 같이 있으면 울화통이 터지는 게 가족인가 봅니다.

이 소설은 3부작으로 완성될 예정입니다. 그러고 보니 맹탐정의 중학교 1학년, 2학년, 3학년 시절을 차례로 다루게 됐네요. 혼자 맹탐정의 중학교 3부작이라고 이름 붙여 봅니다.

글을 쓰는 동안 맹탐정과 주변 인물들의 성장을 지켜볼 수 있어서 기뻤습니다. 맹탐정은 스스로 혹은 남들이 탐정이라 부르면 부끄러워하지만 탐정 일을 포기하지 못합니다. 보수 때문일 수도 있고 이웃에 대한 애정 때문일 수도 있죠. 제 주변에 맹탐정 같은 친구가 있다면 "오지랖 부리지 말고 네 앞가림이나 잘해."라고 말할 테지만, 의뢰할 일이 없을 거라고는 못하겠네요. 인생이란 예측할 수 없잖아요.

쓰는 동안 제가 만든 캐릭터지만 친구처럼 느껴져서 신기하기도 했습니다. 그렇다고 힘들지 않았던 건 아닙니다. 무아지경으로 몰입하게 되는 순간을 위해 지난한 과정을 되풀이하는 일은 언제나 고통스럽습니다. 그러나 그런 고통이 없다면 글쓰기를 통해 얻을 수 있는 기쁨도 없다는 걸 알고 있습니다.

이런 이야기를 굳이 드리는 이유는 청소년 시기의 최대 관심사는 언제나 '진로'라는 생각이 들기 때문입니다.

"뭘 해야 할까요?"

학교에 강연을 가면 아이들이 저에게 묻습니다. 그럼 저는 세상 물정 모르는 사람처럼 되묻습니다.

"뭘 할 때 가장 행복한가요?"

그럼 질문을 한 아이가 당황합니다. 진로와 행복을 연결시키는 게 낯설게 느껴지기 때문입니다. 이유는 압니다. 저 역시 그랬으니까요.

어릴 때부터 글쓰기를 좋아했지만 문예창작과는 취업이 안 된다는 이유로 경영학과에 갔습니다. 글은 밤에 혼자 써도 된다고 생각했거든요. 그러나 퇴근 후에 혼자 글을 쓰고 나면 누군가에게 읽히고 싶다는 욕망이 일었습니다. 그러다 보니 지금 '글 쓰는 일'을 직업으로 삼게 됐습니다.

세상에는 자신이 좋아하는 일을 하면서 돈을 버는 사람들이 생각보다 많습니다. 물론 좋아하는 일을 하다가 돈이 되지 않아 그만두는 사람들도 많고, 좋아하는 일은 그저 취미의 영역에 두고 생계는 다른 일로 해결하는 사람도 많습니다. 이래도 좋고 저래도 좋습니다.

제가 하고 싶은 말은, 최소한 자신을 기쁘게 하는 게 무엇인지 알아보려는 노력을 포기하지는 말자는 거예요. 십 대 시절에 꼭 해야 할 일이 있다면 자신에 대해 알아가는 일이라고 생각하기 때문입니다. 그래서 제가 계속 자아에 대해 이야기하는지도 모르겠어요. 자신이 뭘 할 때 기쁜지조차 모른다면 우리는 무엇을 위해 산다고 할 수 있을까요?

노력해도 안 될 수도 있지만, 그럼에도 어떤 일을 할 때 대체 불가능한 기쁨을 얻는다면 헌신해 볼 만한 가치가 있지 않느냐고 묻고 싶어요. 설령 노력한 만큼 되돌려 받지 못한다 해도 그 일을 하는 순간 얻는 기쁨이 있기에 손해는 아니라고요. 아니, 그런 기쁨은 오직 '해 보는 사람'만이 얻을 수 있으니 한번 해 보자고요.

십 대 시절 내내 내가 어떤 사람이 될지 궁금했는데, 되돌아보니 십 대 시절의 내가 지금의 내가 되었다는 걸 문득 깨닫습니다. 그 시절의 내가 지금의 나를 본다면 어떤 생각을 할까요? 지금의 내가 그 시절의 나를 떠올리면 그저 안쓰럽고 때론 서글프기도 합니다. 오랫동안 안아 주고 싶습니다. 그리고 괜찮다고도 말해 주고 싶어요. 그런 마음으로 소설을 씁니다. 토요일 오후 한 카페에 앉아 이런 글을 쓰다 보니 갑자기 눈물이 나려고 합니다. 부러 입을 꽉 다물고 눈에 힘을 줘 봅니다.

머지않아 세 번째 이야기로 만나자는 약속으로 글을 마칩니다.

2021년 여름

이선주

맹탐정 고민 상담소
❷ 연애는 오리무중



1판 1쇄 2021년 7월 12일 | 1판 5쇄 2024년 4월 5일
지은이 이선주 | 책임편집 엄희정 | 편집 고한빈 원선화 이복희 | 디자인 이지인
마케팅 정민호 서지화 한민아 이민경 안남영 왕지경 정경주 김수인 김혜원 김하연 김예진
브랜딩 함유지 함근아 고보미 박민재 김희숙 박다솔 조다현 정승민 배진성
저작권 박지영 형소진 최은진 서연주 오서영 | 제작 강신은 김동욱 이순호 | 제작처 영신사
펴낸곳 (주)문학동네 | 펴낸이 김소영 | 출판등록 1993년 10월 22일 제2003-000045호
주소 10881 경기도 파주시 회동길 210 | 전자우편 kids@munhak.com
홈페이지 www.munhak.com | 카페 cafe.naver.com/mhdn
북클럽 bookclubmunhak.com | 트위터 @kidsmunhak | 인스타그램 @kidsmunhak
대표전화 (031)955-8888 | 팩스 (031)955-8855
문의전화 (031)955-3576(마케팅) (02)3144-3236(편집)

ISBN 978-89-546-8092-9 03810

잘못된 책은 구입하신 서점에서 교환해 드립니다. 기타 교환 문의: (031)955-2661, 3580